इंतज़ार है

शिवम् सोनी

क्रम-सूची

क्रम-सूची

क्रम-सूची

क्रम-सूची

भूमिका

मैं हमेशा से कोशिश करता हूँ एक ऐसी कहानी लिखने की जिसे अंत में मैं अपना न बता सकूँ | हर कहानी बेचने के साथ मैं अपना इतिहास उसमे कुरेद कर किताब के आखरी पन्नों में छुपा देता हूँ मगर कोशिश करता हूँ की कहानी अंत में मेरी न हो | हर नाकाम कोशिश में से एक में मेरा इंतज़ार है |

बहुत लिखने पर मैं ये जान पाता हूँ की कहानियाँ किसी की नहीं है , ये कहानियाँ हैं जो हमे चुनती है | किसी कहानी ने मुझे हमेशा से चुना है और कभी कभी इन्हें अपने से पराया कर देने का जुर्म मैंने किया है |

मेरे घर में , मेरे कमरे में न जाने मैंने कितने किस्से लिख रखे हैं मगर उन्हें कैसे सबसे छुपाकर मैं इन किताबों में अंत में लिख कर भेज दिया करता हूँ | सभी किस्सों में से कुछ किस्से अपना नटखटपन दिखाते हुए मेरे कमरे से भाग जाते हैं , और मैं उन्हें फिर सम्भालता हुआ किताबों में बिठाकर रवाना कर दिया करता हूँ जिनके चर्चे मैं अपनी कहानिया पढने वालों के मुह से सुनता हूँ |

उसी घर से भागे हुए किस्से, मेरी डायरी के फटे पन्नों से निकले कुछ शब्द , गाँव की गलियों की दौड़ , बस स्टैंड की चाय और खासकर तुम्हारे किस्से जो इन सभी जगह मौजूद है उन्हें मैंने एक साथ इकठ्ठा किया है | ये शुरुआत ही उन किस्सों से है और अंत है आरम्भ पर , कुछ छूटे वाक्य जिन्हें पूरा करने का दायित्व अब मेरा नहीं है मगर जिसका मुझे आज इंतज़ार है |

1

जुगनू

उस किस्से को लिखना चाहूँगा, जहा मैं एक जुगनू से अवगत हुआ | वो रात का समय जहां हमने सोचा क्या उस सर्द शीत लहर को महसूस किया जाये , जिस वक़्त रात को हमने सितारों भरे आस्मां को अपने करीब महसूस किया कुछ जुगनू के रूप में | मै नही जानता था की एक लम्हा जिसे मै कुछ समझता भी नही था जिसकी खूबसूरती की कल्पना भी नही करी थी वो इतना ख़ास बनकर रह जायगा | उस दिन पता चला की वो किसी के लिए कितना ख़ास हो सकता है | उस शीत लहर में हमने सोचा की क्या कुछ लकडिया इकत्रित करी जाये पर उस समय मेने जो महसूस किया वो वहीं था की कुछ ऐसी चीज़े जिनका कोई मोल नही दिखता , जिनका होना या न होना कुछ फर्क नही पड़ने देता उन्ही लम्हों के सहारे हम जी लेते है एक ऐसा अरसा जिसकी कोई कीमत नही जहां रहते है वो जुगनू |

2

राज़

उस व्यक्ति के लिए आप क्या महसूस करते हो , ये बात कह जाने में भी एक कला छुपी है| आसन नही है ये |

अपनी बात कहूँ तो शायद मुझे कभी ये कहने की जरूरत ही न पड़ी |

ये मेरा राज़ है , और शायद मुझतक ही रह गया पर फिर भी जरूरी नही की अपने कहानी की शुरुआत न करूँ | एक कवी होने का यही तो एक बहाना है, एक अंदाज़ तो इसका सम्मान करना भी जरूरी है |

ये राज़ है कुछ ऐसा है , जुबां से उतारकर जो ये राज़ मैंने छुपाया है |

3

कटी पतंग

मेरे घर की छत को पार करके , उसके घर की तरफ जाना भी एक अलग ही द्रश्य था मेरे लिए | उन दिनों की बात थी जब उसके छत पर जा पहुंचा , पतंगों के दिन थे और वहीं मेरी नज़र जा पहुंची कुछ उडती पतंगों पर जहाँ एक ख्याल मेरे मन में उमड़ा | कोई दो उडती पतंग जो अपने में ही उलझी थी पर उनमे वो खुलेपन की मौजूदगी खल रही थी क्यूंकि उनकीं डोर किसी के बस में थी | सीधी सी बात है जो शायद नयी न हो आपके लिए मगर जब एक दुसरे में उलझ कर वे कटी तो न जाने कैसे उनके डोर उन्हें साथ लिए जा रहे थे, और ढलते सूरज में तुम्हारा वो चेहरा जहाँ ढलते सूरज की रौशनी जिसे तुमने ओढ़ लिया था, जो मुझसे कह रहा था की शायद वो दूसरी डोर तुम हो और क्यों न उलझ कर हम भी खो जाये , पर क्या है न मैंने हँसकर उस ख्याल को वहीं जिंदा दफना दिया और पता भी न चला वो डोर चली गयी |

पर मेरे लिए सवाल ये था जो शायद मेरे मन में एक क्षण क लिए भी न रुका की क्या वो दफ़न हुआ ख्याल आज भी जिंदा है?

4

तारबंदी

अपने घर से कम निकलना मेरे स्वभाव का एक बड़ा ही छोटा सा हिस्सा है | मेरे कमरे में बस एक खिड़की है और कही न कही में उसमे समाया हुआ था , क्यूंकि बाहर के कुछ द्रश्य को मेने ऐसा लपेटा खुदसे जैसे कोई तारबंदी हो |

तारबंदी से याद आता है जब बाहर एक बाड़े में तार बंधी करी थी , जो वही पड़े खम्बो पर बंधे थे , उन्हें देखकर पता नही एक ख्याल उमड़ता है जैसे उन खम्बो की मज़बूरी को मै समझ पा रहा हूँ |

बाहरी लोगो की नकारात्मकता हमने अपने अन्दर समा ली और कही न कही उनके विचारों से शायद हमने एक दुसरे को बोझ मान लिया हो जिस प्रकार वो खम्बे भी अब उन तारों का बोझ सम्भाल नहीं पा रहे |

वो तार अब टूट चुके है , पर सवाल करता हूँ खुदसे आज भी कि क्या उन तारों को फिरसे जोड़ा जा सकता था ?

5

अधुरा वाक्य

इस कहानी को जितना लिखू उतना कम होगा | बात कुछ ऐसी है की अपने अपने अंदाज़ में उस कहानी को व्यक्त करना तो आसान है मगर उसे वेसे ही पा लेना शायद मेरे आलावा और किसी के बस में न हो|

एक अधूरापन हमेशा साथ चलेगा इस कहानी के साथ , तर्क यही है की हमे किस तरह अपनी कहानी को पाना है |

शायद मेरे आलावा सबकी इस कहानी का पात्र न होना , या फिर जैसे कोई वाक्य भी किसी इंतज़ार में हो या फिर ऐसा कुछ जो शायद लिखना बाकी है , ऐसा ही कुछ है जो ये कहानी का अधूरापन मेरे साथ है , मगर कहानी जारी है |

6

हिचकी

मुझे आज भी वो रास्ता याद है, वो पगडण्डी जहा मैंने उस रास्ते को नापा था कभी उसके साथ मगर ये कटु सत्य ही ऐसा है की अंत तक पहुँचने का बोझ मै अकेला ही संभालता रहा |

मेरी ओर के रास्ते में अब भी मेरे पैरो के निशान रह गये है , हर पग पग चाल का पता है मगर तुम्हारी और अब घास ने रूप ले लिया है, शायद वो रास्ते भी तुम्हारे निशानों को भूल गये है

इस बात का गम नहीं है मुझे क्यूंकि एक राज़ है जो मेरा मन ही जानता है , वो ये है की हर कदम पर मेरा बोझ कम होता गया जब हर कदम पर एक हिचकी ने साथ दिया

शायद यही है वो चिन्ह , जिसने अब हिचकी का रूप ले लिया और मैं और मेरी हिचकी उस पगडण्डी के उस और खड़े है , जिन्हें आज भी इंतज़ार है

7

दो पहर दूर

सुना है वक़्त के साथ चीज़े , हालात बदलने लगते है पर कुछ चीज़े अब भी वैसी ही है , जैसे मेरा कमरा | आज भी पहली नज़र मेरे कमरे में वो घडी पर जाती है जो दो पहर पीछे है , और जहां वो फासला दिन पर दिन बढ़ता नज़र आ रहा है |

बात शायद ज्यादा बड़ी न हो मगर खुद से एक सवाल मन में जरुर आता है की कहीं ये फासले मेरे जीवन के तो नहीं क्यूंकि कहीं न कहीं वो दो सुइयों का फासला मै महसूस कर पा रहा था जब छोटी सुई उस बड़ी सुई से दूर होकर अपनी बेबसी जता रही थी , जहाँ मैं तुम्हारे दूर होते साथ को जता न सका की बस अब वो हथेलियाँ एक दुसरे के नसीब में न हो

मगर एक उम्मीद की बात करता हूँ | सुना है वो सुइयां पुरे दिन में दो बार तो मिलती ही है , मगर क्या ये उम्मीद है या भ्रम क्यूंकि शायद वो मिलना नहीं , बस एक छुपी बेबसी में पास से गुज़र जाना है

और इस इंतज़ार में वो घडी भी अब बंद पड़ गयी है |

8

सर्दी की धुप

ये गर्मी की धुप चलते चलते सर्दी तक पहुँच जाती है और जब उसे अपनी इज्ज़त मिलती है , जहां उस गर्मी की चाह होती है |

कहीं न कहीं हमे सर्दी का इंतज़ार तो है , पर सबका अपना एक कारण है | मैंने सुना है यादें लौट आती है , और शायद इसी उम्मीद में चलते चलते सर्द में कब अपना कदम रख देता हूँ ये तो मैं भी नही जानता |

हर रोज़ तुम्हे सुबह सुबह रेलवे स्टेशन पर ट्रेन के इंतज़ार में देखना , बस आँखें नही मिलाता था , कभी इतनी हिम्मत ही नही हो पाई मगर बिना किसी की परवाह के , रोज़ ये सिलसिला बन गया था |

जनवरी आ चूका है, बस बात अब ये है की उन्ही यादों के इंतज़ार में रोज़ एक नयी ट्रेन से गुज़रता हूँ की कभी मेरा इंतज़ार तो कभी वो धुंद कम हो और उस धुप को फिरसे पा सकू सर्द की कपकपाहट में |

9

तेरा शहर

इस बात को मैं बस कहकर भुला देना चाहता हूँ | शायद लिखना मेरे लिए मेरे मोहल्ले की आज़ादी जैसा है , कहीं न कहीं एक आज़ादी | उसी आज़ादी का फायदा उठाते हुए मैं बस कभी कभी लिख कर छोड़ देता हूँ एक उम्मीद में की सब भूल जाऊंगा किसी दिन मगर तेरे शहर आकर कुछ पल में वहां से गुज़र जाना अब मुझे सब भूलने नहीं देता | शायद मोहल्ले में भी अब वो आज़ादी न रही |

उस रात तेरे शहर से जरूर गुज़रा था , एक मौका था की वो गलियों को नाप आऊ | जो घुटन मेरे मोहल्ले में मिलने लगी वो खुली हवा को वहां पा सकू | शायद वो खुशबू अगर नसीब में लिखी हो तो उसे अगर पा सकू मगर अब आदत सी हो चुकी है घुटन में रहने की , की अब डर भी लगता है कहीं उस हवा के नशे का आदी न हो जाऊ |

यही वो कारण है की मैं अब लौट चला हूँ , मगर इस बात का बुरा न मानना क्यूंकि हकीकत न सही, ख्वाब में उन गलियों को बहुत नाप चूका हूँ | एक ख्वाब तुम भी देख लेना , तुम्हारे दरवाज़े पर शायद दस्तक सुनाई दे |

10

सन्नाटे

लिखते वक़्त भी एक सन्नाटा सा महसूस हो रहा है , बाहर भी और अंतर्मन में भी | मगर ये सन्नाटे मुझे याद दिलाते है उन दिनों के जब शोर से मेरा नाता ऐसा था जिसने मुझे तोड़ दिया , ऐसा शोर जो अपना आदी बना लेता है , ऐसी हवा देता है जिसमे खुद को उड़ जाने देना चाहता था पर वो अंत में बस छोड़ देता था |

अजीब लगता जब वो हवा ही मेरा गला घोट देती जैसे एक आंधी पेड़ को झंझोर कर रख देती है और जाते जाते कुछ पत्ते रास्तो में छोड़ देती है | मैंने खुदको उन पत्तो में पाया है |

और जब उन पत्तो को आग लगायी जाती है , तब मैंने खुदको राख बनते देखा है , हवा में धुंआ उड़ते देखा है | वो धुआं भी एक कहानी दिखा देता है जाते जाते जहां मैंने सन्नाटे को चुना इस शोर के बदले |

11

तस्वीर

मेरे कमरे में आज भी एक तस्वीर अधूरी पड़ी है | मैं अब बात नही करना चाहता था उस तस्वीर से इसलिए कभी उसे छुपाकर रख दिया था | अपने पलंग के पीछे एक जगह है , कभी कभी वहां झाँक लिया करता हूँ इस बहाने की क्या वो तस्वीर कभी पूरी हुई या कभी पूरी हो सकती थी मगर ये और कुछ नहीं सिर्फ वहम है |

जिस कहानी का साथ कब का छोड़ चूका था वो अब पूरी कैसे हो सकती थी जब उस तस्वीर में जो चेहरा है , जिसे मैंने अधुरा छोड़ दिया था अब उसे निहारने के अलावा और कोई चारा नहीं था मेरे पास | पर अधूरापन ही ये सब जिंदा रखता है , जैसे वो आँखें जो मैंने बनाकर छोड़ दी थी वो आज भी मुझे घूरती है की क्या इस किस्से को मैं पूरा कर सकता हूँ | वो होठ अब तक नहीं बने है मगर पूछते जरुर है मुझसे की क्या अब भी हक़ है मुझे इस कहानी , इस तस्वीर को पूरा किया जाए ? और मैं बस कह जाता हूँ की – " **देखते है कभी** "

बात अब ये है की आज बारिश हुई है , मौसम जो है ऐसा और वो तस्वीर जो पीछे पड़ी थी , उसकी लकड़ी फूल गयी है और आज बहाना मिला है की इस कहानी को पूरा किया जाए |

12

अफवाह

ये वो दिन है जब हमने एक दुसरे को जाना भी नही था बस एक बार देख चूका था मेरा मन उसे | जैसा हमेशा होता है , जैसा सबके साथ होता है ये वैसा कुछ नहीं था , और बेबसी भी ऐसी थी की बिना कुछ रहे चर्चे बहुत होने लगे थे |

ये सब देखकर एक उतावलापन जरूर आता है मगर बात तो इतनी बिगड़ जाती की सम्भाल भी न पाते | हर रोज़ इस बात के जवाब में मेरा शर्ट का कॉलर दे जाता | खुदको सम्भालते , नज़रों को बचाते इससे अच्छा मुझे मेरा शर्ट का कॉलर को सही करना एक अच्छा बहाना लगा मगर बचपना तो आँखें दिखा जाती थी |

इस कहानी में कुछ था नहीं अबतक मगर कुछ फासले थे और ये फासले नयी कहानिया बुनने लगे थे | उन फासलों को कम न करना मेरी ऐसी गलती थी जो कहानी और अफवाह को भी एक करने लगे | हाँ हम आदी हो गये थे उस दूरी के और इसलिए हर बुनती कहानी हमे जोड़ने तो लगी मगर उस खींचतान में साथ लगी डोर कब टूटी , की अब अब चर्चे अफवाह बन गए |

13

ओस

उस रात मैं अपनी खिड़की से झाँक रहा था और तुम अँधेरे में बाहर खड़ी थी | मैं जानना चाहता हूँ की क्या अब भी तुम वहां दिखोगी ?

मैं बहुत दूर था मगर दूर खड़े वो बेबसी देख पा रहा था | वो बेबसी मुझे सर्द सुबह की ओस के समान लगी , वो बूंद की तरह मैं आँखों में देख पा रहा था | मगर उस ओस को स्वीकारना शायद मेरे बस में नहीं था अब | इस बूंद के रूप में वो बेबसी मैं अपने अन्दर महसूस कर चूका था जो अब जम चुकी है |

मैं अब मुझमे कुछ खो चूका था , मगर मैंने जो पाया उसके बाद अब वो बेबसी न रही , महज़ पानी है जो एक दिन बह जायगा |

14

कुल्हड़

ऑफिस से निकलकर जब भी मौका मिलता , उस चाय की टपरी पर जाकर बेठ जाता जहाँ कुल्हड़ चाय मिला करती थी | असल में वो चाय तो एक बहाना था , बस वहां से तुम्हे गुज़रते देखा करता था , इस इंतज़ार में की कभी वो चाय की चुस्की पर मेरा ही नहीं तुम्हारा भी नाम हो | मगर मैं सिर्फ चाय ही नहीं , पुलाव का मज़ा भी ले रहा था – " **ख्याली पुलाव** " | और वक़्त आ गया था की इस ख्याली पुलाव से बाहर निकला जाये |

बड़ी मुश्किल से वो दिन आया जब मैं और कुल्हड़ हम दोनों को वो चाय की चुस्की नसीब हुई | उस दिन मैंने ज्यादा चीनी का हुक्म किया क्यूंकि उस पल भर को मैं भुलाना नहीं चाहता था |

वो दिन फिर कभी लौट कर न आया | अब इच्छा भी नहीं होती इतनी उस टपरी पर जाने की | सुना है अब वहां की चाय भी फीकी हो गयी है और पुलाव काफी सस्ता |

15

गीत

आज के ही दिन तुमने एक गीत लिखने की ठानी थी , ऐसा गीत जो कभी चुराया न गया हो, जो तुम्हारा अपना हो | मुझे याद है जब तुमने उस गीत में मेरा ज़िक्र करने का सोचा था |

उस नयेपन में तुम ये भी भूल गयी की हमारी कहानी तो पुरानी है और मुझे ये जानने में इतना वक़्त लगा जबतक बहुत देर हो चुकी थी | वो नया गीत लिखा जा चूका है | मेरे बोल आज भी चुप है उस मोड़ पर जहाँ मेरा ज़िक्र होना था |

इस बात से मैं अभी भी अनजान हूँ की क्या तुम्हे याद दिलाना मैं भूल गया की हर नयेपन में मेरा खोना स्वभावी है या फिर तुमने बोल बदल दिए ?

16

बदलाव

मैं तुम्हे कभी याद नहीं रख पाया , जो हर मौसम की तरह तुम बार बार बदल जाती थी मगर कोशिश बहुत की कि वो अपनेपन को बरकरार रख सकूं |

जब जब मै साथ रहना चाहा , उस वक़्त मैंने घुटन महसूस करी | हाँ , बारिश का एक ये भी रूप है जब उस उमस ने हर पल मेरा दम घोटा या फिर वो उमस तुम तो नहीं थी ?

बदलते मौसम में मैंने बसंत का मौसम भी देखा , और एक ख्याल उमड़ा मेरे मन में की अब खोने को क्या सोचना जब अब पाना ही पाना है , मगर एक चीज़ जो मेरे मन को खाए जा रही थी , वो थी – " बदलाव "

मैं अब बदलाव के साथ नहीं रहना चाहता था क्यूंकि मैं तो आज भी उसी जनवरी की सर्द में कैद था | अब वो बसंत के फुल भी मेरी बर्फ को रास न आये |

17

चादर

घर लौटकर अपने बिस्तर पर थक हार कर गिर पड़ता हूँ | यहाँ मन में कुछ पा जाने वाली संतुष्टि है , एक प्राप्ति है मेरी चादर की उन सिलवटों में | सिलवटों से आज भी वो दिन याद आता है जब रोज़ सुबह बिस्तर पर पड़ा तोलिये को लेकर एक बहस छिड़ जाती थी , मगर उस बहस का इंतज़ार तुम्हे भी रोज़ हुआ करता था |

जान बुझकर मैं अभी भी रोज़ तोलिया छोड़ दिया करता हूँ बिस्तर पर इस इंतज़ार में की वो उन दिनों मी बहस फिरसे छिड़ जाये | मगर वो तोलिया पड़ा पड़ा वहीं सुख जाता है और रह जाती है तो बस सिलवटें | उन सिलवटों की रेखाओं में ही कभी कभी हमारा नाम पिरो लिया करता हूँ मगर वो अब सटीक नहीं लगता |

18

आइना

खुद को आइने में देखते हुए ये लिख रहा हूँ , पहचानने की कोशिश कर रहा हूँ | और मन में एक सवाल सा खड़ा हो जाता है की क्या ये मैं हूँ जो आइने के अन्दर है या ये मैं हूँ जो बाहर है | अपने आप को जानने की चाह में इतना आगे बढ़ गया हूँ और जितना खुद को जाना वहीं मेरे अक्स को देखता हूँ , जहां चेहरे पर झुर्रियां पड़ने लगी है | मेरे साथ खड़े शख्स ने मुझसे कहा की ये झुर्रियां नहीं वो रस्ते है जहाँ आज भी मैं सारा बोझ लिए चल रहा हूँ , वो याद लिए चल रहा हूँ |

हर गली से गुज़रते हुए जब कोई शख्स तुम्हारे बारे में पूछ लेता है तो ये भार और बढ़ जाता है और घर लौटते ही मैं उस आइने में लौट जाता हूँ इस भ्रम में की शायद ये अक्स किसी दिन मुझसे झूट बोलकर बात खत्म करे मगर आइना टूट जाता है | दुनिया कहती है की अब मैं बुढा हो गया हूँ इस बोझ के साथ पर शायद उस टूटे आइने में आज भी अधूरी हकीकत जारी है |

19

मुफ्त पान

तुम्हारे घर के बाहर रोज़ सुबह क्रिकेट खेला करता था , थोडा अजीब जरुर लगता था जब अपने से आधी उम्र के बच्चो को इकत्रित करके मैं ले आता | खेल तो महज़ एक बहाना बन गया था जो रोज़ सूरज उगने का नहीं , तुम्हारे बाल सूखने तक ये खेल चला करता था | ये खबर पास के पान वाले भैया को भी लग चुकी थी | जिस रोज़ खेल लम्बा चलता , तब तब हमारे नाम से पान की बिक्री भी हो जाया करती थी |

शायद पूरा मोहल्ला भी अब अनजान न था सिवाए तुम्हारे या ये सिर्फ तुम्हारा एक बहाना था बात टालने का |

मगर बात तो उस दिन बनी जब तुम्हारे बाल उस दिन सूखे ही नहीं | वो खेल भी हम चाहकर न रोक पाए | पान वाले भैया के पास मीठे की कमी पड़ गयी और ये दिन भी ऐसा रहा की पुरे मोहल्ले को एक मुफ्त चाय भी नसीब हुई |

20

बिछड़ा गाँव

नौकरी के बाद अपने गाँव वापिस लौट कर में आता हूँ , जैसे मेरा ही कुछ हिस्सा इस गाँव की किसी गली में कैद हो | नए शहर में मेरा रहना मेरी नयी पहचान को आक्रति देता है , पर सवाल रहता है खुदसे की क्या शहर में रहने वाला हर व्यक्ति क्या सच है या फिर वो तो किसी मोहल्ले या अपने गाँव के मैदान में आज भी खेल रहा हो |

इसी बीच अपने पुराने घर के बाहर मैंने खुद को खेलते हुए पाया | वो लगभग बीस साल के फासले में मुझसे दूर खड़ा था | शहर की चकाचोंध से निकलकर थोडा वक़्त यहाँ बिताने का मैंने फैसला लिया , जो मेरे मन में दबे सच को मैं फिरसे जान सकू | कुछ कदम चलकर उस बच्चे से मैंने तुम्हारे घर का पता पूछा , और उसने मुझसे कहा – **" वो खुशबू आज भी उस मोहल्ले में मौजूद है , आज भी उसके नाम से चाय बिकती है | एक चुस्की लेकर जाना और शहर को छुपा देना "**

मैं चाय और पुरानी किताबों के साथ दरवाज़े पर दस्तक दे रहा हूँ | उन किताबों में खुशबू आज भी आती है | शहर को बाज़ार में कहीं छोड़ आया हूँ |

21

सामान्य

मेरा सामान्य होना मुझे सबसे अलग खड़ा कर देता है | इस विचित्र दुनिया में खुद को सामान्य बनाये रखने में मैंने अलग ही महारत हासिल की है | पर मेरा सामान्य होना और उसी तरह खुद को बयान करने की जो मशक्कत है , उसे सिर्फ मैं ही जानता हूँ |

हर सच जो मैं बस यु ही कह दिया करता हूँ , बस उसके जवाब के इंतज़ार में हूँ की शायद उसके बदले मुझे एक ऐसा सवाल मिले जो सबकी नज़रों में मुझे हिला कर रख दे मगर ये कहानी लिख देने की प्रेरणा छुपके से मेरे कानों में कह जाये और मेरा बस यही कहना रह जाये की – " हुज़ूर , **कहानी तैयार है** " |

और शेष रह जाता है तो बस वो सच जिसका मुझे आज भी इंतज़ार है |

22

सफ़र

सफ़र के दौरान हमारी अपनी अपनी एक कहानी होती है , कुछ ऐसी ही कहानी जो हम हर यात्रा में स्वेटर बुनने की तरह बुन रहे होते है | हर कहानी की गहराई उसके यात्री पर निर्भर करती है |

कुछ कहानिया मैं भी बुन लिया करता हूँ और सुना है लोगो से की यात्रा करते वक़्त कहानिया बुनना , एक चाय की चुस्की , कानों में इअरफोन और बस मन कहता है की सफ़र लाजवाब है | मगर इस बार चाय काफी फीकी थी |

रामेश्वरम के रास्ते में अपने रेल सफ़र में इस बार तुम्हारे बारे में सोचना मेरी चाय को फीका कर गया | वो समय याद करते हुए सफ़र बीता और जो धुन मेरे कानो का पीछा नही छोड़ रही थी , उसके आगे मेरे इअरफोन के गीत फीके पड़ गए | सफ़र में पीछा करती बारिश को भी मैं इस बार सहन नही कर पाया मानो जैसे हर बूँद के साथ में कुछ बहाता चल रहा था |

सफ़र के अंत में हम कुछ न कुछ साथ लिए चलते है और कुछ न कुछ पीछे छोड़ आते है जैसे ये अंत हो और मैंने कल्पनाओ में और प्रत्यक्ष अंत देखा |

23

ट्रैकिंग

अपनी ज़िद में आकर मैंने पहाड़ चढ़ने का फैसला लिया | दोस्त मना करते रहे मगर मेरे अन्दर वो सिर्फ एक जिद नहीं , बल्कि खुद पर खड़े हुए प्रश्न को खत्म करना था |

ये सब मेरे बस में न था मगर हर चढ़ते कदम के साथ मैंने जीवन देखा , वो सवाल देखा जिसके नीचे दबे हुए हम अपना जीवन निकाल देते है , आरम्भ देखा किसी अंत के गुज़रते पल में | पहाड़ चढ़ते हुए एक बात पर गौर किया की रास्ते तो कहीं है ही नहीं, पर फिर भी हम चले जा रहे है , ऐसे रास्ते जिनका अगला कदम क्या होगा इस बात से अनजान होकर |

जो रास्ते तुम्हारी और जा रहे थे , इस बात पर ध्यान देने लगता हूँ की क्या वो मैंने तैयार किया या रास्ते तो पहले से ही थे | हर कदम पर एक बोझ अपने पैरों में छुपके से दबाये चल रहा था और साथ में पीछे छोड़ता जा रहा हूँ – " उम्मीद "

उम्मीद लौटने की , उम्मीद खुद को फिरसे पाने की मगर इस चढ़ाई के अंत में हर बोझ को छोडकर , हर आरम्भ को भुलाकर मैं बस खुद को ये मंजिल तौफे में देता हूँ , जहां से खुदका पता लगाने के सफ़र में तुम्हे अब कहीं छोड़ आना चाहता हूँ |

24

धुंद

दार्जीलिंग में सुबह , नवम्बर का वो महीना जब अपने घर से थोडा दूर मै दौड़ पर निकला था | मेरी एक आदत आज भी मेरा पीछा नहीं छोडती है जो है- " पढ़ना "|

पढना यानी व्यक्ति या किसी भी चीज़ को जानना और मेरी यही आदत शायद बेजान पड़ी चीज़ों में भी जान डाल देती है, एक व्यक्तित्व का जन्म होता हैं उनमे जब मै उन्हें लिख दिया करता हूँ | उस सर्द सुबह में मैंने वहां की धुंद में जान डालने का प्रयास किया |

दार्जीलिंग की हवा में मैंने अपनापन देखा , ऐसा जैसे कोई गले से लगाना चाहता है , जो शायद मौजूद न हो बस बह रहा हो इस हवा में | मगर इस धुंद में उस एहसास को आकार देना चाहता हूँ | इस गहरी धुंद में दौड़ते हुए मैं अपना अगला कदम नहीं जानता था और इसी के चलते एक छोर पर मैं डगमगाया मगर जैसे कोई धुंद में रहकर छुपके से मेरे क़दमों में अपना कदम रख देता है |

इस बार हिचकियों ने साथ नहीं दिया , मगर लेखक होने का यही फायदा है की आज धुंद में ही मैंने मेरे कांपते क़दमों के साथ तुम्हारा कदम देखा है |

इस धुंद में सिगरेट का धुआं भी मौजूद था पर कभी कभी सुबह वो सुट्टे हम भी मार लिया करते है |

25

वो समय

अपने शहर को किसी मसाले की बरनी में बंद करके अपने गाँव की सैर करने मैं अपनी दादी के साथ निकल पड़ा | जितना मैं लिख पता हूँ शायद वो उनकी ज़िन्दगी का कुछ ही हिस्सा हो | मैंने और हम सबने उनकी बातों में एक बात का ज़िक्र हमेशा देखा जो है – " **वो समय** "| उम्र का असर तो हम सबने ही देखा अपने अपने घर में अपने बड़ों के साथ, वो भूल जो जाया करते है मगर उनके वक़्त की मसाले की बरनी आज भी वहीं कैद है और जिनके मसालों की महक उन्हें आज भी याद है |

किसी बरनी से आम के आचार की महक मुझे एकदम से आई और उन कहानियों को लेकर मैं बस वहीं आँगन में सो जाना चाहता था | वो नींद मुझे उनके क़दमों में चलने का सौभाग्य देती है , वो समय जिनका मुझे और उन्हें भी आज इंतज़ार है |

मज़े की बात ये है की हर नींद के बाद महक बदल जाती है , मानो वही पुराने मसाले उन बरनियों में से निकल गये हो |

26

अस्तित्व

मैं डायरी के बदले लैपटॉप में लिखना ज्यादा पसंद करता हूँ | शायद मेरे लिखे की गलतियों को छुपाने का ये अच्छा बहाना है | लिखते वक़्त भी जब जब किसी लेख को मिटने का मन करता है तो डायरी के पन्नो को फाड़ने से बेहतर मुझे लगा की डिलीट ही कर दिया जाये |

मैं जो लिखता हूँ और जो सब सुनते है , शायद वो असली लेख तो उन फटे पन्नो में है जो कहीं कचरे में पड़े हो या फिर मेरी कहानी में कहूँ तो वो शब्द जिनका अस्तित्व भी न जाने जैसे कहीं ऐसा खो गया हो जैसे कभी बना ही न हो|

मेरे शेर सुनकर लोग वाह वाही तो कर ही देते है पर शेर पर रो दे या बस मुस्कुरा कर छोड़ दे , वो लेख तो अब अपना अस्तित्व ही खो चूका है |

तुम्हे भुलाने क इससे अच्छा बहाना और कुछ नहीं है |

27

लौटता वक़्त

उस शाम मैं अपने दोस्तों के साथ कई दिनों के बाद बैठा था | किसी न किसी मुद्दे पर हम चर्चा कर ही रहे थे पर कभी कभी एक चुप्पी सी आ जाती थी मगर उस चुप्पी में भी हम बतला लिया करते थे | उसी वक़्त मेरे दोस्त विशाल ने एक बात शुरू करी जिस पर मैं आज भी गौर फरमा लिया करता हूँ | वो बात थी की जिस पल में , जिस समय में हम अभी है ऐसा लगता है जैसे वो पहले बीत चूका हो , जैसे उस पल में हम पहले भी जी चुके है और ये बात आज भी मुझे गहरे विचारों के समंदर में एक छोटी नाव के साथ छोड़ देता है , और शुरू होती है एक ऐसी यात्रा जहां उन विचारों की लहरों को मुझे अकेले संभालना है |

इतना लिख लेने के बाद इतना तो समझ आ ही जाता है की आखिर वो समय क्या था और शायद मैं अब कह सकता हूँ की ये समय लौटता है उसी पल को लेकर जिसे हम जी चुके होते है , जो बीत चूका होता है बस फर्क इतना ही है की हम वो समय किसके साथ बिता रहे होते हैं और यही इसकी खूबसूरती है |

इस बार भी ऐसा ही था और बस फर्क इतना था की अब तुम नहीं हो |

28

ख्याली पुलाव

अपने मन की चंचलता को थामे रखने के लिए अपने आप से कुछ वादे कर ही लिया करता हूँ | वो वादे जहाँ ख्याली पुलाव के भाव भी आसमान छू लेते थे पर हम मुट्ठी भर कर उन वादों का आनंद ले लिया करते थे | उन्ही में से एक वादा था जब मैं काम के सिलसिले से शहर जाऊंगा और तब वो ऐसा वक़्त देखूंगा जब अपने जूतों के तलवे घिसने का मौका मिलेगा |

आज जब सबसे दूर होकर उस वादे को पूरा करने का मौका मिला है तब तब मेरे गली मोहल्ले की बैठक देखने को तरस जाता हूँ और शाम को दौडकर दोस्तों के पास जाना मगर बात अब ऐसी है की दौड़ तो आज भी रहा हूँ मगर मंजिल कुछ और है और इस मंजिल का इंतज़ार आज भी जारी है |

29

माइम

अपने लिखने की कला को मैं भली भाँती जानता हूँ मगर कभी कभी सोचता हूँ की क्या मेरा लिखना सिर्फ लिखना है या कोई बचकानी हरकत ?

दिल्ली के दिन याद है जब पहली बार एक माइम एक्ट देखा और मैं बस हैरान था, हैरान होना स्वाभाविक था जब मेरे लिखे के एक एक शब्द का वर्णन बिना शब्दों के हो रहा हो | बिना कहे सब कूछ कह जाना मेरी बातों में बहुत देखने को मिल जाता है पर ये आँखों देखी तो उस दिन हो रही थी |

माइम देखने से पहले मैं न कह पाना मज़बूरी ही जानता था मगर एक दृष्टिकोण मेरे मन में अपना असर देने लगा , जो था की न कहना सब कुछ कह देने की सम्भावना को जन्म देता है , वो सब जहां हर व्यक्ति अपनी कहानी बुनने लगता है | उस माइम के बाद एक लेखक का जन्म हुआ |

30

लेख

सावन के वो दिन थे जब वक़्त भी ऐसा था की मौसम अपने रंग तूफ़ान के साथ भी दिखा रहा था | हम बारिश का लुत्फ़ तो उठा लेते है मगर उस तूफ़ान में उतरने से कहीं न कहीं कतराते है | तूफ़ान में उतरना किसी लेखक के लेख को अपनी जीवनी बनाने सा है जब आप कुछ ही पन्नों में लेखक के कुछ सालों को उसके शब्दों पर पग पग रखकर गुज़ार लेते हैं |

अब लगता है की शायद मैं भी ये अवसर सभी को दे पाता हूँ और खुद को खुशकिस्मत मानता हूँ | मगर किसी कहानी को अपना बनाना अबतक मेरे लिए संभव नही हो पाया है जब मैं किसी के लेख के पन्नो को हवाईजहाज़ बना उनमे सफ़र कर पाऊं और पहुँच जाऊं उन बगीचों में , उन रेतों के टीलों में जिसे उस लेखक ने बनाया हो |

कोशिश रहती है मगर इसमें दोष भी मेरा ही है क्यूंकि शायद वो रेत के टीलें मेरी आहट से डेह जाते हैं और रह जाती है तो बस मुट्ठी भर रेत |

31

नेपाल

अपने दोस्त मयंक से जब भी मिलता हूँ वो नेपाल की बातें बड़ी करता है पर इस बात को समझ पाने की मेरी हैसियत नहीं थी | नेपाल की पहाड़ियों से मैं अवगत नही था , वहां की झीलों से भी | मैं ज्यादा जानता नही मगर ये वर्णन को महसूस करने के लिए मैं अपने दोस्त के साथ निकल पड़ा नेपाल |

मैं जितना पहले समझ पाया था इस बार सिर्फ समझ नही , एक ठहराव था वहां की झीलों में | मैं पानी से बहुत डरता हूँ मगर उस ठहराव में खुद को समां देने वाला सुकून मुझे बुला रहा था | अपने दोस्त के साथ मैं नाव में सफ़र कर रहा था और मैं कुछ नही जानता था , जानता था तो सिर्फ एक मीठी सर्द जो मैं खुद में महसूस कर पा रहा था , एक ठहराव उस झील में जिसने मेरे डर को पार कर लिया था |

वहां के गाइड हो या मेरा दोस्त हो मैं वहां की पहाड़ियों में अपनी खुद की कहानियाँ बना रहा था , जिसे समझ पाना किसी और के लिए शायद सम्भव न हो मगर वो कहानियाँ मेरी अपनी थी | उसी ओर बादलों को चीरती हुई किरणों को देखना भी मेरे नसीब में था जिन्हें खुदपर ओढ़कर मैं सिर्फ और सिर्फ ठहर चूका था |

32

ठहराव

अपने घर की पिछली और बालकनी में कुर्सी लगाकर मैं कभी कभी बैठा करता हूँ | ये मेरी आदत में नहीं है मगर अपनी आदतों से विपरीत रहना भी मेरी एक आदत है | मुझे समझपाना मुश्किल है मगर कोई बात नही पर बात ऐसी है की वहां बेठने की आदत न होने में मुझे ठहरने का मौका मिलता है | लेखक कभी रुकता नहीं मगर मेरे लिए ये जानना भी जरूरी है की रुक जाना भी एक कला है , जब आप ठहराव से मिलते है , जब सब कुछ होते हुए आप देख पाते है जो की खुशकिस्मती होगी जब हमे दौड़ना सिखाया जाता है रुकना नहीं |

मेरे लिए वहां बेठना भी बड़ी बात थी मगर मुझे लगता है की ठहरना एक बहाना है , मुद्दा तो इंतज़ार में है | बालकनी से इंतज़ार करते करते मैंने ठहरना सिखा है , बस फर्क ये है की अब इंतज़ार किसी और का नहीं बल्कि इस ठहराव के खत्म होने का है | सच बताऊँ तो मेरी कुर्सी टूटने की कगार पर है और मज़े की बात ये हो गयी है की इस इंतज़ार में कुर्सी ने शायद टूटना भुला दिया है और हम अभी भी वहीं है सुबह की चाय के साथ |

33

पूर्णिमा

आज पूर्णिमा की रात है | मैंने ऐसा चाँद नही देखा था , सुना था की आज सबसे बड़ी पूर्णिमा है | मैं इस बात को स्पष्ट रूप से कह पाने में असमर्थ हूँ जो है की पूर्णिमा के इस चाँद से मेरा कुछ सम्बन्ध है | एक ऐसा सम्बन्ध जो मेरे मन में दबे किसी लेख को जन्म देता हो मानो जैसे विचारों के खंडर जब डेह जाते है और बचता है तो बस मलबा और कैसे बस उन्ही को छांटते हुए निकल आता है एक लेख |

मैंने एक सुकून पाया है यहाँ मगर इसे स्पष्ट करना संभव नही मेरे लिए मगर मुझमे एक लेखक हर पूर्णिमा को इंतज़ार करता है अपनी नयी कहानी का |

34

भूलभुलैया

" सच और झूट " - महज़ दो शब्द मगर मेरे जैसे कई लेखक के राज़ का बोझ लिए हुए हैं | हम बस लिख जाते हैं मगर हमारे लेख की असलियत को जानने की विवशता हमारे लेख को पढने वालों में रह जाती है | मज़े की बात ही यही है की कभी कभी कल्पनाओ का सहारा भी हमे लेना पड़ता है और चुटकी भर गरम मसाले के साथ हम अपनी कहानियों को उनमे बुन देते हैं |

यहीं से जन्म होता है एक भूलभुलैया का , ऐसी भूलभुलैया जिसके दो रास्ते हो – " सच और झूट " बस फर्क ये है की हमे क्या जानना है , किस रस्ते पर जाना है , इसका चयन भी पढने वालों के हाथों में होता है |

एक भूलभुलैया का निर्माण मैं हर वक़्त करता हूँ बस सवाल सभी पर छोड़ देता हूँ की उन्हें किस रास्ते को जाना है – " सच या झूट " |

35

मनोकामना

नेपाल से जुड़ा एक किस्सा याद है जिसे साझा करना चाहूँगा | पहाड़ियों में डूबने के बाद भी मेरा मन वहीं अपना घर बनाये रखने की चाह रख रहा था जिस बात से मैं असमंझस में पड़ रहा था और मुझे शान्ति मिली मनोकामना को पाकर |

नेपाल की एक और खूबसूरती – " मनोकामना मंदिर " | जाने से पहले ही मैं वहां मन ही मन एक घर बना बैठा था जिसे देखने के लिए बस जाना ही काफी था | मेरे दोस्त का कहना था की जैसा नाम वैसी ही खासियत है यहाँ की , यहाँ सारी मनोकामना पूरी होती है और मैं खो चला उन इच्छाओं के पिटारे में जहां जाकर एक मनोकामना मैंने साझा करी जो थी – " मैं "

सही सुना , मैं खुद को पाना चाहता था जिसे न जाने मैं कहाँ खो कर आया था | आज भी मेरे लिए लिखने में सबसे बड़ा विषय स्वयं पर ही है और ये सच भी है आज सभी का | हम बहुत कुछ लिख देते हैं मगर खुद के बारे म कुछ टिपण्णी करना या कुछ भी वर्णन करना संभव नहीं है जिसका जवाब अबतक मेरे पास नहीं है | खुद को पाने की मनोकामना में मैंने मांगी एक कहानी , जिससे मैं सच को पा सकू और पहुँच सकू उस हिस्से में जहां मैंने खुद को खोया और लिखू एक नयी कहानी जिसे लिखना असंभव हो |

36

नेगेटी

तस्वीर का शौक मुझे कभी न रहा | ये बात मुझे देखकर ही लोग समझ सकते है क्यूंकि तस्वीर लेने में सबसे बड़ी मशक्कत ही है मुझे हँसाना और दिखावा मेरा स्वभाव नहीं |

पुरानी तस्वीरों को जब भी देखता हूँ तो उनमे दिखाई देता है एक रस , ऐसा रस जिसे देखकर ही उसका स्वाद लिया जा सके , वो खुशबू जो बारिश होने से कुछ देर पहले हमे मिल जाती है और दे जाती है बारिश के आने का पैगाम |

यही कारण है की उनमे मुझे कभी वो दिखावा नहीं दिखा , क्यूंकि खुशबू बस आ जाती है उसका दिखावा नही होता | मैंने वो रस आज की तस्वीरों में नही देखा और मैं भी कहीं खो जाता हूँ उन तस्वीरों से | अपने आप को पाने के लिए मैं लौट जाता हूँ पुराने जमा किये नेगेटिव्स में जहां बस कुछ रंगों के साथ मैं दिखाई देने लगता हूँ |

37

पार्क

सर्दी के मौसम में एक अलग आदत मेरा इंतज़ार कर रही होती है | मेरे घर के पास एक पार्क जहां मैं बस समय बीत जाने के इंतज़ार में बस चला जाया करता हूँ | पास के ही मंदिर से आने वाली घंटियों की आवाज़ को अपने और लपेटकर मैं पार्क की बेंच पर लेट जाया करता हूँ जहां मुझे कोई फ़िक्र नही होती , बस मैं होता हूँ अपने आप में पूरा जिसकी कीमत मैं जानता हूँ |

पार्क में मुझसे कुछ कदम दूर ही एक पानी का झरना भी है , जिसपर मेरी नज़र कई बार जाती है मगर आज गौर फ़रमाया वहां के पानी में और उसमे तैरती मछलियाँ | ये पानी कहीं जा नही रहा था बस लौट रहा है हर पल उसी पल में और ये सफ़र कभी रुका नहीं | इन इन्सान के बनाये गए झरनों की यही ख़ास बात है और मैं इसी बचकाने ख्याल के भवंडर में खोना चाहा और सोचा की इस लौटते वक़्त में इन मछलियों को बस इसी जगह तैरना है , एक ऐसी राह पर जहां न ये कहीं जा रही है और न आ रही है | मेरे बचकाने ख्यालों में मैंने उनसे बात करना चाहा मगर ख्यालों को लिख देने का समय मुझे मिला ही नहीं |

38

कैदी

अपने शहर में ही कैफ़े में अपने दोस्त के साथ बैठा बैठा उसकी बचकानी हरकतों पर तालियाँ दिए जा रहा था , मज़बूरी ही ऐसी है मगर इन बचकानी हरकतों को एक तरफ रखकर मैं आसपास नज़र दौड़ा लिया करता हूँ और तलाशता हूँ हमेशा की तरह कहानियाँ | पर कभी कभी ज़बरदस्ती ही कहानी गड देने की आदत भी बड़ी ख़राब है |

पास ही एक जनाब दरवाज़े पर बने शीशे पर अपना कैमरा लगाकर बाहर देखने की कोशिश कर रहे थे | जानता हूँ अपने कैमरे को परख रहे थे मगर मैंने एक कहानी को गड़ना शुरू किया और कहानी थी खुद की दुनिया में ही कैद होने की | ना जाने मेरे दिमाग ने ऐसी तस्वीर को कल्पनाओ में उभरा जैसे सब कुछ कैद हो और जिसकी चाबी हमारे हाथ में ही है मगर हम खुद में इतना खो गये की बस चीखते रहते हैं और खुद की ऐसी कहानी बनाना शुरू करते हैं जहां सभी प्रताड़ित हैं मगर प्रताड़ना करने वाले भी हम ही है और अपनी कहानी में ज़हर डालने वाले भी |

मगर एक ही पल में मेरा कहानी से बाहर आना हुआ और कुछ नहीं , बचा तो सिर्फ हमारी हर पल की बचकानी हरकतें |

39

चेहरे

मैं हर वक़्त कुछ न कुछ तलाशता रहता हूँ , चाहे वो कोई कहानी हो, कोई किस्सा या उसका पात्र | मेरे लिए रोमांच बनाये रखने का अच्छा बहाना है ये और टकराता हूँ रोज़ चेहरों से | चेहरे पढ़ते पढ़ते बहुत कुछ जानने का प्रयास करता हूँ , जो की कहीं न कहीं राज़ बनकर मेरे अन्दर दफन हो जाते हैं | ऐसे राज़ जिन्हें मुझमे प्रवेश करने की मैंने इजाज़त भी न दी मगर बस आ गये जैसे मेरे अपने हो जो कभी कहीं बिछड़ गए हो |

मैं उन्ही चेहरों में से कहानी पढ़ लिया करता हूँ और सारा बोझ उतर जाता है स्याही के कंधो पर जिन्हें स्वीकारना उसका काम है और रोमांच बनाये रखने का बोझ मुझपर | मैं बस ख़ुशी से चिल्लाकर , सारा बोझ उतारकर कह देता हूँ की हां आज मैं एक लेखक हूँ |

40

पिटारा

कहानिया लिखने के साथ साथ मैं एक किस्सों का पिटारा भी रखता हूँ जिन्हें मैं कभी कहानी में नहीं मिलाता | कहानियाँ मुझे मेरे लेखक होने की पहचान देती है और पिटारा मुझे मेरे बचपने का |

हम बचपन में भी किसी न किसी आदत में आकर चीज़े इकठ्ठा करते हैं और अपने मनोरंजन के लिए बना लेते हैं उन्हें पिटारा | अपने पिटारे से बहुत आशाएं रखता हूँ मैं क्यूंकि मन में रहता है एक ख्याल की जब जब समय होने पर अपना पिटारा खोलूं तो महसूस कर सकूँ उस चंचलता को मेरे उन किस्सों में जहां अपनी खिड़की से झांककर पेड़ पर रहती कोयल को देखू, सुबह की पहली धुप में अपने पैर फैला कर जी सकूँ वो बीते दिन और बस पल भर में ही बंद कर दूँ वो पिटारा और उसी बचपन की नटखटपन में कहूँ जोर से – **" आज का पिटारा खत्म , दोबारा लौटेंगे नए किस्सों में "** |

ये बात और लोगों के लिए है मगर एक राज़ ये भी है की उस पिटारे के टुकड़ा अपनी जेब में रखकर निकल लिया करता हूँ और एक पत्थर से तोड लेता हूँ आम , उन आम के पेड़ों से जिनके मालिक से पकडे जाने का मुझे आज भी इंतज़ार है |

41

असलियत

मैंने सुना है हम सच्चाई से भाग नहीं सकते , कभी भी नहीं वैसे ही जैसे शीशा पत्थर से टकराने पर खुद को टूटने से नहीं बचा सकता | ये ख्याल बस दौड़ते दौड़ते मेरे मन में उभरने लगा और न जाने मैं ये महसूस करने लगा की क्या मेरा दौड़ना भी कहीं भागना तो नहीं है असलियत से , उस छुपे सच से जिसे सहन कर पाना किसी के बस में न हो |

मैंने ये ख्याल मन से निकालकर दौड़ना शुरू किया क्यूंकि यहाँ सवाल सच का नहीं सेहत का था , कभी कभी सेहत का ख्याल रखना भी जरूरी है |

शाम होते होते अपने घर लौटकर मैं सोने चला गया और नींद के बीच मैं अब क़ैद हो चूका था सपने के बीच जहां मैं उस असलियत से सामना कर रहा था जिसकी मैंने कल्पना भी नहीं की थी | मैं नहीं जानता था की क्या मैं बेबस हूँ , मजबूर हूँ या फिर आखिर मैं हूँ कौन जो इस असलियत के बोझ को ढाते हुए अपने रात की नींद काट रहा है | सुबह होते ही दौड़ पर जाते वक़्त मैं समझ न पाया की क्या आज दौड़ मेरी है या मेरी असलियत की | ये राज़ सिर्फ मेरा है जिसे राज़ की तरह पेश करना मेरा काम |

42

पात्र

बुक शेल्फ की आदत नहीं है मुझे ,बस एक आदत है जिस किताब को भी पढना होता है उसे अपने लैपटॉप में सेव करके रखने की | जब भी मन होता है उन किताबों की जगह अपना लैपटॉप लेकर अपनी बालकनी में जा बेठता हूँ |

मेरे पास हजारों किताबें सेव रखी हुई है मगर उन्हें सही तरह से पढ़ नही पाया और यही शर्म की बात है जब मैं उन्हें उनकी इज्ज़त नहीं दे पाया | मगर एक बात है जो मैं न पढ़े भी समझ जाता हूँ वो है हर किताब की अपनी नीजी कहानी जिसके पात्र पर नज़र डालू तो घूम फिरकर ऊँगली मुझपर ही आ जाती है | ये राज़ जानने के लिए मैंने लिखना शुरू किया एक संवाद मेरे और किताब के बीच – " एक नीजी संवाद " और उस संवाद के अंत में मैंने जाना की ये दोष मेरा नहीं , ये तो खूबसूरती है किताब की की इसका पात्र कोई और नहीं बल्कि अधूरापन है जो हम भूल आते है किसी तैद्खाने में , किसी बंद कमरे में जिसकी चाबी भी हमने ही छुपायी है और वो किताब छुपके से चुरा लती है वो चाबी और मिल जाती है हमे तौफे में हमारी कहानियाँ , वो छुपी कहानियाँ जिन्हें हमने ही दफनाया है |

मजे की बात ये है की ये कहानी छिपी हुई है मगर मेरे जैसा ही कोई उन छिपी कहानियों को छाप देता है |

43

अर्थ

एक समय मुझे याद है जब मेरा लिखा हुआ शेर किसी ने चुरा लिया था और छाप दिया गया किसी और के नाम से | ये बात सुनकर कोई भी घुस्से में आग बबूला हो ही जाता है मगर मैं हसीं में उस बात को टाल देता हूँ क्यूंकि गम नही , बल्कि ऐसा लगता है जैसे किसी ने शब्द चुरा लिए मगर उनका अर्थ आज भी मेरी किसी पुरानी रेशम की पोटली में छुपा बैठा है , दूबककर एक कोने में , कपडे का छोर पकडे हुए और कहता है अपना अर्थ आज भी की – **“ कब्र खोद मेरे किस्सों की , इन्हें मौत आसान चाहिए | एक पुल न ठहरा चाँद आखर पर और इन्हें दास्ताँ चाहिए | “**

इसे पढने में ही अलग एहसास है मगर चोरी हो जाने के बाद अब हसीं आ जाया करती है क्यूंकि ये अर्थ भी अपने आप से इंसाफ कर गया | सुना है उनके शब्दों पर बना पुल कुछ दिनों पहले डेह गया है और मेरा अर्थ मेरे साथ है |

44

आपदा

यहाँ लिखने से पहले मैं अपने लिखे शेर इन्स्टाग्राम पर पोस्ट कर दिया करता था मगर अब बंद कर दिया है जिसके भी कुछ कारण है | कभी सोचता हूँ की अपने लिखे को छुपाना ज्यादा सही है दिखने से क्यूंकि शायद औरों से ज्यादा उसे मैं इज्ज़त दे पाऊं जिसका वो हकदार है जो और कोई नही दे सकता |

दूसरा कारण मैं मानता हूँ की लिख कर दिखा देना न जाने किसके ज़ख्म को कुरेद दे और उस पाप का भागीदार मैं नहीं बनना चाहता | ये घटना भी ऐसी ही है क्यूंकि ऑनलाइन पोस्ट कर देना आने वाले हर पल न जाने किस किसके ज़ख्मों को कुरेदेगा और ये खत्म करदेगा एक लेखक को और लेखक का मर जाना इतिहास की एक बड़ी आपदा को जन्म देगा |

45

पिता की सीख

मुझे याद है अपना पहला ओपन माइक जहां मैंने जाने का फैसला किया | एक बचपना था मेरे लिखने में उस वक़्त क्यूंकि मैंने बस दो महीने पहले ही लिखना आरम्भ किया था | मेरे पहले ओपन माइक में जाने की आज्ञा मुझे लेनी थी अपने पिता से मगर इसी बात में असमंझस में था की क्या कहूँ की मैं अब लिखने लगा हूँ और डर था की कहीं सब लोग हंसकर टाल न दे बात | पर एक लेखक को मैं कभी रोकना नही चाहता था और मैं जाकर बोल पड़ा उन्हें की मैं अब लिखता हूँ और जाना चाहता हूँ |

मेरा असमंझस न जाने कौनसी नदी में बहकर किस छोर पर जा पहुंचा था | उनकी आँखों में एक चमक देखी मैंने और उस चमक में मैं समझ गया की अब वो लेखक रुकेगा नहीं |

सीखा बहुत कुछ बोलने से और बोलना भी जरूरी है | उस असमंझस के खोने के बाद मैंने कोई ख़ास उत्सुकता तो नही देखी मगर रात को मैंने देखा की मेरे पिता मेरी लिखी हुई सभी शायरियां पढ़ रहे थे और वो मुझे और किसी जवाब की जरूरत न पड़ी | सबसे छुपाकर जिस तरह रात को मेरे लिखे शेर पढने की उत्सुकता मैं उनमे देख पा रहा था वहीं उनका जवाब था |

आज दो साल बीत चुके हैं , अब वो नहीं है मगर न जाने उनकी उत्सुकता ने मुझे रुकने नही दिया और ये लेखक कभी रुकेगा नहीं | पर

एक अफ़सोस जरुर है की जिस लेख का मुझे इंतज़ार है उसे वो पढ़ न सके मगर ये लेख कभी रुकेगा नहीं |

46

राम

मुझे फिल्म्स देखने का ज्यादा शौक नहीं है , बस अगर मन करता है तो अपने फ़ोन में या फिर घर पर लाकर सभी के साथ देख लेता हूँ | इस बार मेरे दोस्त जिद करके मुझे सिनेमा घर ले गये | वहां जाकर मैं उत्सुकता देखी लोगों लोगों में और वहां आने वाली भीड़ भी |

एक बात पर मैंने गौर फ़रमाया की फिल्मों में नायक के आने पर जो उत्सुकता होती है मुझे उसमे कमी लगी जब मैंने खलनायक को देखा | बात बड़ी फ़िल्मी सी है मगर गहरी है की हमने न जाने कैसे खलनायक को अपना बना रखा है | एक परायापन है नायक में | उम्मीद हमे हमेशा नायक से ही होती है मगर उतना ही पराया हम उसे कर देते है | कभी सोचता हूँ की वो खलनायक कहीं हम स्वयं तो नहीं | इसी बात का एहसास मुझे दशहरा को भी होता है | जाने अनजाने में हम रावण को जी लेते हैं , रावण को मानने लगे मगर भूल गए की राम भी हमारे साथ है |

बात बहुत सीधी है और शायद लिखना इसे जरूरी भी न हो मगर मैं घबरा जाता हूँ आज भी जब मैंने हर साल रावण को देखा और कहीं न कहीं हम सभी के अन्दर बसे राम का मुझे आज भी इंतज़ार है |

47

जूता

आजकल सिनेमा में मेरी नज़र एक बड़े ही उम्दा कलाकार पर पड़ी जो है ," पंकज त्रिपाठी " | उनकी कला को हम बहुत बेहतरीन तरीके से जानते है मगर उनके एक इंटरव्यू में मैंने उन्हें एक बात कहते सुना जिस वजह से एक इज्ज़त है उनकी मेरे मन में जो शायद कुछ इस प्रकार थी की ," **भगवान ने जूता बनाया चलने के लिए , और इंसान जूता पहन कर गाड़ी में बेठ गया** " |

मैं कभी कभी सोच में जरुर पड़ जाता हूँ की तौफे की शायद हमने कभी इज्ज़त नहीं करी | एक लेखक होने में ही मेरा सफ़र है , एक ऐसा सफ़र जिसे मैं कभी कभी बिना पाए भी महसूस कर लेता हूँ | मैंने मानव कॉल जी से सुना था की जूता सफ़र की याद दिलाता है और शायद हमने ना जाने अपनी यादों के तौफे को ही खो दिया और दबा दिया हमने अपनी गाडी के कोनो में | मैंने सफ़र को खो जाने में एक अभिशाप देखा |

48

अवशेष

कभी कभी सोचता हूँ की जो कहानी मैंने लिखी , जिसके लिए लिखी क्या वो इसे कभी पढ़ेंगे भी या फिर ये मेरे लिए बस एक क्रीडा सा हो गया है |

ये राज़ लिखकर मैं बेच दिया करता हूँ | हां, सच कुछ ऐसा है है और किस्सा भी याद है मुझे जब तुम वहां किताबें खरीदने आई थी और कड़ी थी मेरे लिखे उपन्यास के पास | इसी पल मेरे अन्दर एक उत्साह था की तुम्हारे लिए जो मैंने लिखा आखिर कैसे संजोग से वो तुम्हे मिल रहा है मगर एक बेचैनी भी थी उस राज़ की जो तुमसे कई सालों से छुपाकर रखा था |

उसी वक़्त तुमने मेरी लिखी किताब पर गौर फ़रमाया , एक मुस्कान देखी मगर तभी तुम उसे छोडकर आगे बढ़ गयी | मैं कहीं न कहीं कोने में खड़ा अफ़सोस मना रहा था मगर एक ख़ुशी थी की उस राज़ की कीमत आज भी बरक़रार है |

मैंने और वक़्त ज़ाया नहीं किया और उस किताब को जला दिया , और अपने लेख को बिकने नही दिया | बहाने मारता हुआ खुदसे कह देता हूँ कभी कभी की वो राज़ कभी लिखा ही नहीं गया मगर राख बनकर कुछ न कुछ हवा में उड़ रहा होता है |

49

बदलाव

वक़्त गुज़रते गुज़रते सब कुछ बीत जाता है | मेरे कमरे में पड़ी चीज़े भी अब अपनी जगह पर न रही , जैसे कुछ बदल गया हो मगर वो अब भी वैसी ही है | ठहरा है तो बस उनका अस्तित्व | मेरी कोशिश भी कुछ ऐसी ही रहती है की अपने विचारधाराओं को , अपने किस्सों को, अधूरी कहानियों को उनके उसी अंत पर ले जा सकूं जिनके लिए वो बने हो मगर सब बदल जाता है |

मैं अपनी कहानियों में हम दोनों के अंत को लिख नहीं पाया , जब भी कोशिश की तुम चली जाती हो और मैं सोच में रह जाता हूँ की क्या मैं तुम्हे रोकू जो इस कहानी को वैसा ही रख सकूँ मगर मेरे अन्दर छुपा लेखक तुम्हे जाने की इजाज़त दे देता है | शायद मेरी हर कहानी का अंत अंत नहीं बल्कि मज़बूरी है ,ऐसी मज़बूरी जिसके अंत का पात्र मैं कभी नहीं बनना चाहा |

मैं कहानियों को बदलता नहीं हूँ , बस लिखकर छोड़ देता हूँ और जो भी मुझे मेरी स्याही को मिलता है वो और कुछ नहीं बल्कि तौफा है अधूरेपन का |

50

मदिरा

मैं सिगरेट और शराब बहुत पहले छोड़ चूका था या कहूँ तो उन्होंने मुझे छोड़ा | अपने दोस्तों के साथ शौक शौक में मैंने पीना शुरू किया और कहीं न कहीं यही फर्क था मुझमे क्यूंकि शराब मुझे मेरे ऐसे चेहरे से मिलाती थी जिसकी मैंने कल्पना भी न की थी | नशे के आदी होकर मैं बस खुश हो जाया करता था और सबसे बड़ा अभिशाप शायद यही था मेरे लिए की मैं खुदसे दूर भाग रहा था , क्यूंकि सुना है हर वक़्त खुश रहना भी नज़र लगा देता है खुदको | अफ़सोस है की खुल कर हमने खुश होना भी नहीं सीखा |

मैंने जो पाया वो मैं नहीं था | मैं तो शायद किसी गली के नुक्कड़ पर खुद को खो आया था और जितना मुझमें मेरा एहसास था उसे सिगरेट के धुंए में उडाये जा रहा था |

वक़्त बीत गया है काफी और मैंने उन्हें हाथ नहीं लगाया | ये मेरे लिए ज़हर उगलने जैसा है | पर अब फर्क ये है की मैं खुश होता हूँ और वो खुश होने वाला मैं ही हूँ | लगता है जैसे वो शराब अब किसी और के हाथ में है जिसे मैं कई मील दूर चौराहे पर छोड़ आया था | अब गिर पड़ता हूँ तो वो मैं ही हूँ और खड़े होकर दौड़ने में मैं कभी थका नही |

राज़ की बात ये है की मैंने पीना क्यों शुरू किया और आखिर ये सिलसिला क्यों रोका , ये राज़ मैंने सिगरेट के धुंए में उड़ा दिया है जिसका बादल न जाने कहाँ जाकर बरसेगा , पता नही |

51

तेरह घंटे

बाज़ार से लौटते वक़्त मैंने एक घडी वाले को देखा जो घडी बेच रहा था | मेरी नज़र उसकी घड़ियों पर पड़ी मगर एक घडी को देखकर मैं अचरच में पड़ गया क्यूंकि उनमे से एक घडी में बारह नही बल्कि तेरह बजते थे | मैं इस बात को ज्यादा समझ पाने की स्तिथि में नहीं था की ऐसे घडी का होना शुभ है या अशुभ मगर मेरा लेखक मुझसे कहने लगा की ये एक मौका है जहां एक घंटा मुझे ज्यादा मिलेगा , ऐसा वक़्त जहां अपने आप को जानने का एक घंटा है, तुमसे बात करने के लिए मुझे घडी की सुई को पीछे नहीं करना पड़ेगा |

उस घडी को लेने से पहले मैं कहानियाँ बनाने लगा था मगर मेरे हाथ एक दुसरे को मले जा रहे थे, उनमे पसीने छूटने लगे जैसे मैं अभी भी असमंझस में हूँ की क्या ये एक मौका है या फिर बहाना | सोचने लगता हूँ की वक़्त का बहाना तो मैं ले आऊंगा मगर क्या तुम आओगी भी या नहीं | इस असमंझस में मैंने उस घडी को खरदीने का फैसला किया मगर घडी लेने के बाद कुछ दूर चलकर मैंने उसे तोड़ दिया , तोड़ भी तो उस बहाने को , उस अधिक वक़्त के भ्रम को | मैंने जैसे असलियत के पैमाने बढ़ा दिए थे मगर मन को समझाने में एक घंटा मेरा यूँ ही बीत जायगा |

52

अविनाश

मेरी एक किताब जिसका शीर्षक तो अभी बता नहीं सकता मगर कुछ समय पहले मैंने उसे लिखना आरम्भ किया | ये अपने आप से एक तरह का वार्तालाप है समय के उपर जब हर चीज़ खत्म हो जाती है , हर वास्तु अपना अस्तुत्व खो देती है और ले जाती है अपने साथ यादें भी मगर एक चीज़ रह जाती है और वहीं अविनाशी है – " समय " |

सच बताऊँ तो इस किताब को मैं कभी पूरा नहीं कर पाया क्यूंकि मैं खुद कभी पूरा नहीं रहा समय को समझने के लिए | समय जैसे बीत जाता है मैं उस तरह समय को कभी समझ नही पाया और अगर कभी मैं कुछ पढता हूँ समय पर तो वो बस उपरी रुपरेखा के सामान लगता है क्यूंकि हम अविनाशी नहीं है |

सीधी बात करूँ तो समय को बीतते हम सबने देखा है मगर क्या कुछ चला जाता है समय के साथ ये हमे समय के जाने के बाद दिखता है | मैंने कहीं पढ़ा था की आखिर हमारे जीवन में हमे ये कैसी विवशता का सामना करना पड़ता है की हम अपने लोगो को उनके अंतिम समय में ये भी नहीं बता पाते की हम उन्हें कितना चाहते हैं |

माफ़ करियेगा ये सब कहने के लिए मगर एक बात ये भी है की हम अबतक कितना कुछ छोड़ आये हैं मगर समय की एक खूबसूरती ये भी है की हमने अपने आप को मिटने नहीं दिया , समय के साथ सीखते रहे है और बनाते रहे हैं यादें |

53

उम्मीद

मैं कभी कभी लिखना छोड़ भी दिया करता हूँ क्यूंकि ये मुझे एक एहसास दिलाता है जैसे हर लेख के साथ मैंने अपनी बस्तियां बसाई है मगर चलते चलते कई घर उजाड़ दिए | ये मुझे आगे बढने नहीं देता कभी कभी | अपने पुराने ज़ख्मों को भी कुरेद देता है मेरा लेख मगर फिर भी मेरा लिखना जारी है जिसका कारण मैं पहले जान नहीं पाया क्यूंकि मेरे अन्दर कुछ ऐसा जरुर है जिसने कभी रुकने नहीं दिया |

इतना कुछ लिखने के बाद मैं एक बात जरुर समझा | पास की चाय की दूकान पर एक जनाब एक बात कह रहे थे की अगर भूत को देखते रह गये तो आगे आने वाली उम्मीद बुरा मान जायगी | मैं इस बात को लिखना चाहा मगर इसकी जरूरत न थी क्यूंकि कई लेख उस विचार के तले दबे हुए थे जिन्हें अब उभारना था क्यूंकि हर लेख अपने आप में एक नयापन लेकर आता है और हर नयेपन के बादल से बरसती है एक उम्मीद , की ज़ख्मों पर अब मरहम भी बनेगा |

54

कल्पना

अपने हर लेख की शुरुआत में मैं बड़ा असमंझस में पड़ जाता हूँ की आखिर कहाँ से शुरू करूँ क्यूंकि जरूरत होती है तो बस एक शब्द की | कहानी का असली मज़ा ही यही है क्यूंकि पूरा एक उपन्यास एक शब्द पर निर्भर करता है | एक कहानी का भविष्य का बोझ मेरे कन्धों पर पड़ जाता है क्यूंकि उस कहानी के साथ इन्साफ करना मेरा कर्त्तव्य बन जाता है |

आज भी मैंने लिखना शुरू किया , सोच में पड़ा था की आखिर कौनसा शब्द किस कहानी को जन्म देगा और शुरुआत तुमसे हुई | मैं एक बहुत बड़ी दुविधा में था क्यूंकि जिस शब्द से नाइंसाफी मिली हो उससे कहानी कैसे पूरी कर पाउँगा | तुम्हारे नाम से ही कहानी का भविष्य तुम्हारे नाम के पहले अक्षर पर रुक गया | मैंने सोचा की क्या किसी कल्पना को जन्म देना सही होगा और मुझे तुम्हारे नाम से बेहतर कल्पना को आक्रति देना लगा | मेरा पहला शब्द कल्पना है पर मज़े की बात ये है की यहाँ कल्पना जैसे कुछ भी नहीं |

55

ग़ज़ल की पंक्तियाँ

अपने लैपटॉप को अपने बगल में रखकर आज पहली बार एक किताब लेकर आया – " **साए में धुप** " | दुष्यंत कुमार जी की लिखी ये किताब को पढने बैठा एक कप कॉफ़ी के साथ | मुझे चाय कम कॉफ़ी ज्यादा पसंद है क्यूंकि चाय को तो किसी टपरी पर दो चुस्की मारकर छोड़ आया था , मगर कॉफ़ी को अबतक इतना माना ही नहीं था | अपने कमरे में बैठकर मैंने किताब को पढना शुरू किया और लगा जैसे आज पढने नही सीखने आया हूँ | मैं आज भी उनकी लिखी हुई एक ग़ज़ल नही भुला जो शायद मेरे अन्दर के लेखक से कुछ समय गुफ्तगू करने निकल पड़ी | वो ग़ज़ल थी की – " **कैसे मंज़र सामने आने लगे है , गाते गाते लोग चिल्लाने लगे हैं** |" इस ग़ज़ल की पंक्तियाँ जैसे मेरे अन्दर बेठे लेखक से कुछ बातें क्या करे और मेरा एक हिस्सा इसे समझने की गहरायी में डूबने निकल पड़ता है |

मैं कुछ इसके आगे लिखने की इच्छा रखता हूँ मगर मैं देखता हूँ की ये कमबख्त लेखक तो उस गजल की अगली पंक्तियों को गुनगुना रहा होता है और और देखते देखते वो कॉफ़ी का कप मेरे कपड़ों पर अपना दाग छोड़ चूका होता है | पर असर तो मेरे मन पर हुआ था , कपडा तो धुल जाता मगर मेरा लेखक किस दरिया में था जिसे खोजना मेरे लिए बड़ी चुनौती थी |

56

कोरी किताब

अपने कमरे की खिड़की खोलकर अपना लैपटॉप साथ लेकर मैं लिखने के सफ़र में निकल पड़ा | मैंने नज़र दौडाई तो देखा की बारिश हो रही थी और इसी बीच मैंने कुछ किस्सों को लिखना आरम्भ किया जो की मेरे दोस्तों पर था मगर सहारा बारिश दे रही थी | अपन लेख पूरा करके एक एहसास हुआ की जैसे बहुत दिनों के बाद खुदसे एक अच्छा वार्तालाप हुआ मगर ध्यान दिया की मेरा लैपटॉप हैंग होने लगा | समझ से बाहर था और मेरा लिखा हुआ लेख मैं सही से सेव भी न कर पाया |

बड़ी हडबडाहट में वापिस देखा की मेरा लेख अब वहां नही था | एक मायूसी थी मेरे चेहरे पर और बारिश भी खत्म हो गयी | बारिश रुकने से बाहर ट्रैफिक भी खुल गया मगर मेरे विचारों पर न जाने जैसे रोक लग गयी | मेरे आगे था तो बस एक कोरा कागज़ जिसपर स्याही भरकर ही उसकी इज्ज़त को बढाया जा सकता था मगर मैं असमंझस में था |

उसी वक़्त मेरे उसी दोस्त का मेरे पास फ़ोन कॉल आया और न जाने किस संजोग से हमने उसी विषय पर वार्तालाप शुरू किया जिसपर मेरा लेख अधुरा रह गया था | मुझे मेरा लेख तो मिला मगर इस बार फर्क था की वो यादें अभी अभी ताज़ा हुई जैसे नयी नयी किताब छप कर आती है और हम उसे पढने से पहले उसके पन्नों की खुशबू में खो जाते है | वो लेख तो बढ़ा पर साथ में बारिश फिर शुरू हो गयी |

57

बस स्टैंड

आज कुछ सालों के बाद अपने गाँव लौटा | मुझे आने पर कुछ समझ नही आता की मेरा गाँव कब आ जाता है लेकिन बस में बेठे बेठे नींद में ही मुझे एक चाय की टपरी का एहसास होने लगता है , चाय में गिर रही अदरक की खुशबू और मैं समझ जाता हूँ की आस पास दर्शन काका बस की सवारियों को चाय बाटने आ गये होंगे | मैं चाय तो नहीं लेता मगर मंद मंद मुस्कान देकर , अकडन तोडकर मैं बस से उतर जाता हूँ | मैं पहुँच जाता हूँ वहां जहां से लाखों किस्से लिखे जाते है , कहानिया बुनी जाती है और उन्ही कहानियों में से एक लिखी कहानी का भागीदार मैं हूँ |

58

साइकिल

अपने पुराने घर जब भी लौटता हूँ तो देखता हूँ वहां पड़ी मेरी पुरानी साइकिल | ये साइकिल मुझे मेरे भाई से मिली थी मगर मेरे हिस्से की कहानिया तो सिर्फ मैं ही जानता हूँ | उस वास्तु के चलाने वाले पर निर्भर करता है की क्या वो कहानियाँ लिखना पसंद करता है या फिर त्राजदी |

मैं अपनी बात करता हूँ तो देखता हूँ की स्कूल के दिनों की कहानियां मेरी साइकिल की चैन मुझे बता रही थी | उस कहानी में अब उस चैन की तरह जंग लग चूका था | मैंने प्रयास किया उसे ठीक करने का , उस चैन को सही करने का मगर उन कहानियों में अब कुछ आवाजें हैं जो बीती कहानियों को रोंदने लगता है | मैं कोशिश करके साइकिल को बाहर निकलने लगा और चैन ठीक करके उसे चलाने लगा | पल भर में ही मुझपर पड़ी जिम्मेदारियां मेरा पीछा छोडकर मुझे अलविदा कहने लगी मगर पीछे देखने और आगे बढ़ते रहने की उत्सुकता में मैं गिर पड़ा | मौका मिलते ही मेरी ज़िम्मेदेरियों ने मुझे संभाला तो सही मगर बोझ बनकर मुझपर सवार हो गयी | मैं जो गिरा था वो मेरा बचपन था मगर मेरा उठना ही पल भर में जीवन की संक्षेप कहानी थी |

59

पंछी

मैं कभी कभी गीत भी लिख लिया करता हूँ और कोशिश करता हूँ की उन्हें बेच आऊं | गीत लिखना अपने मन के हिस्सों को बेचने के सामान है और यही पीड़ा है जिसमे एक ख़ुशी भी है उस पंछी की तरह जिसे आज़ाद होने के लिए अपना घोंसला छोड़ना पड़ता है | मैंने भी एक पंछी को आज़ाद किया था | हर बोल के साथ उसे पंख देकर मैंने आज़ाद करने का फैसला किया था मगर ये भी सोच में पड़ गया था की क्या इन्हें मैं आज़ाद कर रहा हूँ या फिर ये बस मेरा गीत लिखने का एक बहाना है | लगता है जैसे आज़ाद पंछियों के पंखों के बीच मैं अपने गीत को छुपा कर उड़ा देता हूँ |

मज़े की बात ये है की ये सिर्फ मेरी आदत नहीं , कभी कभी दुसरी चिड़िया भी मेरे घर में आ जाती है जिन्हें मैंने नहीं उड़ाया और मुझे मिलता है उनका लिखा कोई अधुरा गीत | कभी कभी उन गीतों को अधूरे पंख मैं भी दे दिया करता हूँ |

60

कविता में खोज

कभी कभी मैं ये सोचने लगता हूँ की क्या हम लेखक चोर भी होते हैं ? ये बात तो ऐसे सीधे सीधे कभी समझ नही आई मगर देखता हूँ की हमारा लिखना और कुछ नही बल्कि औरों की कहानियाँ है जिसे हम लिख देते है मगर एक सवाल उठा मेरे मन में जब अपनी एक कविता मंच पर सुना रहा था | देखा की लोग अपनी खुद की कहानियों पर तालियाँ बजा रहे हैं और हम चोरी करके तालियाँ बटोर रहे हैं | मन ही मन ये सब सोचकर मैं हस दिया करता हूँ और इसकी झलक मेरी हर कविता के बाद मेरे चेहरे पर दिख जाती है जब हर कविता के बाद मैं अपनी हसी को होठों के बीच दबा लेता हूँ |

मन में एक ख्याल ये भी आता है की हम हर पल सीख रहे हैं | हम लोगों को पढ़ते पढ़ते उनकी कहानियों से सीखते हैं और दिखाते हैं उन्हें उनकी असलियत और रोज़मर्रा के काम में हम खुद को ऐसा खो बैठते हैं की अपनी असलियत की खोज करते करते आ जाते हैं कविता सुनने | हां , मैं भी कविता सुनने जाता हूँ और सीखने की कोशिश करता हूँ | मैंने देखा है उन तालियों के ज़रिये हम स्वीकृति देते हैं लेखक को जहां हम अपने आप को उन कविताओं में पाते हैं |

61

गड़े मुर्दे

अपनी बालकनी में बैठकर बारिश को देख रहा था |ये कोई नयी बात नहीं है मगर यही सबसे बड़ी चुनौती थी की हर बूँद के बरसने के साथ साथ मुझे एक नयापन को खोजना है | लेखक होने का ये दायित्व भी हमे निभाना पड़ता है | मैंने सोचा क्या बारिश में उतरा जाए क्यूंकि पानी में उतरे बिना मैं बस चर्चा कर सकता हूँ उसकी गहराई पर , उसे नाप नहीं सकता |

बारिश में मिटटी की खुशबू ने हमे वैसे ही अपना आदी बनाया हुआ है और ऐसे में ना जाने मैं क्यों वहां की मिटटी खोदने लगा | मैं खोजने लगा उन बरसती बूँद को जो कोई न कोई कहानी लेकर साथ चली हो और मिल जाती है ज़मीन में | मगर एक बात पर मैंने गौर फ़रमाया की कहानी खोजना मेरे लिए अब गड़े मुर्दे उखाड़ने के सामान हो गया है और यहीं असमंझस मेरा शुरू होता है क्यूंकि गड़े मुर्दों में कोई नयापन नहीं बस पुरानी कहानियों को उजागर करना है जिसे किसी ने बड़ी सहजता से दफ़न कर दिया हो |

मैंने उन कहानियों की एक झलक देखकर उन्हें फिरसे दफना दिया है |

62

आकृति

मैं लिखते लिखते कल्पनाओं को भी आकार देने लगता हूँ , कभी कभी सच को पचा पाना हमारे बस में नहीं होता इसलिए कभी कभी उन्हें आकृति देकर प्रस्तुत करने में अलग सुकून है | अकेले बेठे बेठे मैं अपने कलाकारों को , मेरे किस्सों के पात्रों को अपने सामने महसुस करने लगता हूँ , मैं देखने लगता हूँ कैसे मेरे आँखों के सामने चाय वाला अपनी टपरी पर चाय के साथ कहानियाँ बेचने लगता है , कैसे गाँव के बच्चे पुराने कुए में छलांग लगा रहे होते हैं और जिन्हें देखते देखते मुझपर एकदम से पानी का छींटा पड़ जाता है और कुआ मेरी आँखों के सामने से ओझल सा हो जाता है | चाय मेरे हाथों में आने से पहले ही नज़रों से ओझल हो जाती है मगर उसकी उठती भाप मेरे चेहरे पर अपनी गर्माहट दे जाती है , मगर फिर भी अपनी बचकानी हरकतों से बाज़ नहीं आता | मैं हँसकर कह देता हूँ की दर्शन काका , चाय में अदरक को बढाइये |

63

नौटंकी

मुंबई के मीठीबाई कॉलेज की एक याद आज भी मेरे मन में ताज़ा है , अपने दोस्त से मिलने मैं कभी कभी चला जाता हूँ | उससे मिलने में एक सुकून है और साथ में एक रहस्य भी | उसकी हर मुलाक़ात में एक रहस्य मिलता है , मैं उसकी हर बात को टटोलने लगता हूँ और मुझे हर बार कहानी मिलती है | राज़ तो तब खुला जब पता चला की वहां के किसी नाटक का मुख्य कलाकार है और मैं हर मुलाक़ात की कहानी उसे बता देता था , या फिर सही बोलू तो उसे उसकी अपनी कहानी लिख कर दे दिया करता | इस राज़ को उसके चरित्र में मैं ही आकृति देता था और बेपर्दा भी |

उसके एक शो को एक बार तालियां से भरने में भागीदार मैं भी बना | उसके किरदार का आनंद मैं लेने लगा | उसे देखकर मैं भी थोडा आश्चर्यचकित जरुर था क्यूंकि उसके जैसे मस्त मौला इंसान एक बड़े ही गहरे किरदार को आज जन्म दे रहा था | मैं पुनः कहानी बनाने लगा और सोचने लगा की कुछ देर के नाटक के लिए हम कैसे किसी और के किरदार को उधार में ले लेते है और छोड़ आते हैं खुदको किसी कोठरी में बंद करके एक राज़ बनाकर | इस उधार की किश्तों को हमे कुछ वक़्त में चुकाना पड़ता है उस किरदार से इन्साफ करके | मैं सोचता हूँ की जरूरी नहीं वो किरदार हमारे पास में हो लेकिन ये दायित्व उस कलाकार पर हमेशा रहता है क्यूंकि पास में न सही , मगर वो उस किरदार को जी रहा

होता है और किसी के जीवन को अपना बनाने में हम हर पल एक कहानी बनाते है |

शो पूरा हुआ , मैंने अपने दोस्त को गले लगाया क्यूंकि किसी कहानी के साथ इन्साफ करने का बोझ मुझे अपने कन्धों पर से हल्का लगा |

64

गंभीरता

ये उन दिनों की बात है जब मैंने लिखना शुरू ही किया था | किसी दिन मैं और मेरे दोस्त शाम को महफ़िल बनाकर बेठे और उन्होंने मुझसे शेर सुनाने को कहा | मेरे लिए सब नया था लेकिन उन्हें मैंने शेर सुनाया | मेरे शेर में कुछ बात जरुर थी मगर ये बात भी ध्यान रखने वाली थी की वो थे तो मेरे दोस्त ही और मेरे हर शेर पर हसना तो जैसे उन्होंने ठान कर रखी थी | मगर ये बुरा मानने वाली बात बिलकुल नहीं क्यूंकि जबतक हमारा मजाक न बाने उनका कर्तव्य पूरा तो होना नहीं था |

मैंने कुछ शेर सुनाये मगर कुछ देर बाद ध्यान गया मेरे एक दोस्त पर जो खामोश था कुछ देर हसने के बाद | ऐसा लगा जैसे मेरी कोई बात उसके मन को घर कर गयी | मैं कुछ बोल तो न पाया मगर उसका चेहरा मैं पढ़ सकता था जहां मुझे उड़ता हुआ धुंआ नज़र आया जो उन पत्तों से आ रहा था जिसे मेरे किसी शेर ने आग लगा दी थी | हम सब हैरान थे लेकिन मेरे शेर को खत्म करके हमने ज़बर्दस्ती के चुटकुले सुनाने शुरू किये जो माहोल हल्का किया जाए |

मैं लिखना चाहता हूँ मगर डर जाता हूँ अपने आप से की कहीं इसका नतीजा गंभीरता तो नहीं मगर फिर लगता है की शेर तो गंभीरता की आग का नतीजा है जो कब की लग चुकी है | आदत ख़राब है इसलिए मैं फिरसे शेर सुना दिया करता हूँ |

65

चिट्ठी

ये हमारी फितरत है या हमारी बदकिस्मती की हम जो कहना चाहते हैं उसे समय पर कह नहीं पाते | मैं कहना बहुत कुछ चाहता हूँ , सोचता उससे कई ज्यादा हूँ मगर लिखता हूँ एक शब्द – " चिट्ठी " |

ये शब्द अपने आप में ही सब कुछ कहने जैसा है | समय रहते हम कुछ कह नही पाते और लोग दूर चले जाते है | मैं कोशिश करता हूँ की क्या मैं समय को धीमा कर सकता हूँ मगर इसकी इजाज़त हममे से किसी को नहीं | मगर लेखक होने का पूर्ण रूप से फायदा लेता हूँ | मैं सोचता हूँ की क्या शब्दों को कम कर दिया जाए जो हम कह सकें वो सब जो बस किसी कोने में रह जाता है और हम अंत में उसे बोझ मानकर फेंक देते है कचरे में | मेरे कमरे में बहुत सी चिट्ठियाँ लिखी पड़ी है मगर मैं उन्हें कभी सुना नहीं पाया इसलिए कोशिश करता हूँ की बस एक शब्द बोलकर रुक जाऊं |

मैं तुम्हारे जाते वक़्त भी इसी का इस्तमाल करता हूँ | मैं कहता हूँ " चिट्ठी " और इंतज़ार करता हूँ की जवाब में मुझे क्या मिलेगा पर इस बार मैंने देखा की चिट्ठी भी मैं बोल नहीं पाया | च पर आकर मेरे होठ थम गये क्यूंकि सोचा एक शब्द से कौनसी नयी कहानी जन्म लेगी | मैं सोचता हूँ की किसी दिन किसी नए शब्द का अविष्कार करूँ जिसे मुझे कहना न पड़े और न तुम्हे सुनना |

66

आज़ाद

मैंने सभी को बहुत घुटते हुए देखा है | घुटना आज़ाद मिली हवा में , घुटना अपनी इच्छाओं के साथ | अजीब है न , मगर मैंने देखा है सबकुछ पाकर भी घुटते हुए लोगों को | कभी कभी ये भ्रम भी होता है क्यूंकि हम थोड़े बहुत घुटन के आदी भी हो जाते हैं और आज़ाद होकर भी घुट जाते हैं |

मैंने स्वप्न देखा है ऐसी चिड़िया का जिसके पंख ना काटे गए हो | कोशिश करता हूँ इसे सच करने की अपनी कहानियों में और कहीं न कहीं अपनी कहानी के पात्र में चिड़िया देख पाता हूँ | मज़े की बात ये भी है की एक चंचलता मुझे देखने को मिलती है इनके किरदार में जब इनकी आकृति को मैं रूप दे रहा होता हूँ | मेरा मन भी चंचल हो जाता है , एक मंद मुस्कान मन म आ जाती है उस इंतज़ार में की कब उस चिड़िया का मैं निर्माण करूंगा , उस किरदार को उसकी कहानी देकर उड़ा दूंगा मगर मैं तभी याद करता हूँ की घुटन की आदत मेरे पीछे पीछे न आ जाये और देखते देखते वो चिड़िया रुपी किरदार अपने पंख काट देता है |

अपनी बालकनी के एक छोर पर मैंने एक घोंसला बाज़ार से लाकर रख दिया है सोचता हूँ की किसी दिन कोई दूर चिड़िया यहाँ आकर इन्हें पंख देना सिखाये |

67

स्वीकृति

दिन भर के काम करने में अपने आप को भुलाने की कोशिश में लगा रहता हूँ जो दोबारा खुद को ढूंड सकूँ | मन में कई तरह के सवाल दौड़ते रहते है मगर मेरी कोशिश रहती है की मैं उन सवालों को अनदेखा करदूं और उन्हें एक पोटली में जमा करके रात के लिए बचा लेता हूँ | वो सवाल तुमसे हैं मगर इनके जवाब मैं खुद ही ढूंड़ता हूँ | वो सवाल क्या है ये तो मैं नहीं बता सकता क्यूंकि इनका सफ़र मुझे अकेले को तय करना है |

रात होते ही मैं अपने कमरे की खिड़की खोल बाहर नज़र डाल लेता हूँ, साथ में रहती है एक कप चाय और दिन भर के सवाल की पोटली | मैं जवाब खोजने लगता हूँ मगर एक एक लफ्ज़ के लिए मुझे समय कम पड़ जाता है | बदकिस्मती से कभी कभी नींद आ जाती और सुबह तक नए सवाल मुझे मेरे आँगन में मिलते जिनका हाथ पकड़कर मैं उन्हें साथ ले चलता रोज़ की तरह | मन में ख्याल आता की क्या सभी सवालों को एक दुसरे का जवाब देने का दायित्व दे दूं मगर कमबख्त ये नए सवालों को जन्म दे देते |

आज सोचता हूँ की उन सवालों से क्या होगा क्यूंकि मुझे जवाब की नहीं , स्वीकृति की जरूरत है अपने आप से –" ACCEPTING THE THINGS " | अब सवालों का जवाब मैं रोज़ दे दिया करता हूँ , उन्हें सुबह की ट्रेन में बिठाकर और कर देता हूँ रवाना और दे देता हूँ उन्हें जेब भरकर कुछ बहाने |

68

चयन

अपना नया घर लेने के बाद मैं वहां आसपास की गलियाँ नापने की कोशिश करता था | हर रस्ते को अपना बनाना चाहता था क्यूंकि जीवन का नया मोड़ मुझे इन्ही गलियों से मिलने वाला था | किसी दिन शाम को अपने घर लौटते वक़्त मुझे तिराहे से गुज़रना पड़ा और मैं समझ नहीं पाया की किस रास्ते से मुझे गुज़रना है | मैंने पहला रास्ता छोडकर दुसरे रास्ते पर कदम रखा क्यूंकि ये मुझे याद दिलाता अपने पहले चयन को छोड़ने का , उसे भुला देने का | उसे यानी " तुम्हे " और मेरे इस रास्ते के चयन को बढ़ावा यही दे रहा था |

मैं अब निकल पड़ा था इस रास्ते पर और कोशिश थी की अगर घर न भी मिला तो रास्ता हम बना लेंगे | बीच रास्ते में बारिश होने लगी , मैं भीग चूका था और भीगने के कारण अब अपने आप में एक भारीपन महसूस कर रहा था | रास्ता थोडा लम्बा था और मन ही मन कल्पना बनाने लगा की पहला रास्ता क्या आसान हो सकता था , क्या पता वहां मुझे बारिश का सामना न करना पड़ता मगर इस कल्पना को पास की ही कूड़ेदान में डाल मैं आगे बढ़ा |

कुछ दूर चलकर मुझे अपना घर दिखाई दिया | कहीं न कहीं वो भारीपन अब खत्म हो चूका था | ये मुझे बिलकुल वैसा ही लगा जैसे पहला कदम छोडकर मैंने तकलीफों को बुलावा दे दिया मगर मैं जानता था की अंत में मंजिल मिलना ही आखरी पड़ाव था | इस बात की गवाही

सुबह अखबार दे गया जब पता चला की पहले रास्ते में रात को ज़मीन बह गयी थी और वो कूड़ेदान भी सुबह तक खाली हो गया जहां मैंने आधी अधूरी कल्पना को फाड़ फेंका था |

69

आइने का बचपना

जब छोटा था तब एक बचकानी हरकत किया करता था जिसे उस समय मैं बचपने के नाम से बुला लिया करता था | आइना अपने हाथ में लेकर उसे अपने चेहरे के सामने रखता और वहीं देखकर पुरे आँगन में घुमा करता था और पहुँच जाया करता था कमरों में मगर आईने की दुनिया में मैं हर कदम पीछे लिए जा रहा था | इस आदत में एक अलग ही मज़ा था जैसे मैं रोज़ रोज़ के रास्तों पर अपने कदम रखकर नयी कल्पनाओं को जन्म दे रहा हूँ | हर कदम के साथ जैसे जैसे मैं आगे बढ़ रहा था , अपने चेहरे को देखकर मैं पीछे ही देखे जा रहा था |

बचपना ठीक है मगर बड़े होते होते हम जानने लगते है की इस ज़ालिम दुनिया के सामने ये बचकानी हरकते कितनी हानिकारक है | सिखा दिया जाता है की पीछे मुढ़कर न देखें मगर जो कुछ छूट जाता है वो पीछे ही रहता है और हम इस ज़माने में उन्हें पीछे मुढ़कर देख भी नहीं सकते |

मुझसे बहुत कुछ छूटा है और सोचता हूँ की क्या आज फिर आइना चेहरे के सामने रखकर आगे बढ़ूँ लेकिन एक वादा है , अंत में उस आईने को मैं खुद तोड़ दूंगा , क्या हैं न की आगे बढ़ते बढ़ते मैं खुद पर ऊँगली न उठा पाऊं |

70

डायरी नो. 68

मैं जब भी लोगों को डायरी लिखते देखता हूँ तो मुझे उनके लिए एक इज्ज़त महसूस होती है मेरे मन में | आज के ज़माने में मैं अगर किसी को उनका सच कोरे कागज़ को गिरवी रखते देखूं तो उसे उसकी कहानिया देने के मन करता है | एक लेखक होकर ये दायित्व अपने सर लेने को मैं हमेशा आगे बढ़ जाता हूँ |

मैं हमेशा अपने लैपटॉप में लिखता हूँ और सच कहूँ तो एक कमी महसूस करता हूँ मैं और एक जलन सी होती हैं उन लोगों से जो डायरी लिखते हैं | सच ये है की डायरी के पन्नों में अपना कोई राज़ छुपा पाना मेरे बस में कहाँ , जहाँ सिर्फ अनडू और डिलीट ही देखने को मिलता है | मैं ऐसी गलती करना न ही पसंद करता हूँ जब छुप कर मैं लोगों की डायरी पढ़ सकूं |

अपने शहर के नेशनल लाइब्रेरी में एक बार किसी पुराने दोस्त की डायरी मिली , जिसके पन्नों में पीलापन सा आ गया था मगर प्रष्ट संख्या -68 पर देखा की एक स्ट्रॉ वहां पड़ी थी जिसके आगे उन जनाब ने एक नोट लिखा था | ऐसा अनुभव मेरे नसीब में नहीं था मगर हां मेरे लैपटॉप के बैग में कुछ फूल सूखे पड़े हैं | मुझे याद नहीं की क्या हुआ था मगर कुछ फूलों को तोडा गया था और कुछ वैसे ही मुरझा गए थे | लेखक होने के नाते से मैं ये कहानी आगे बढाने की परंपरा अपने रीडर्स पर छोड़ देता हूँ |

71

घटनाएं

मैं एक कहानी लिखता हूँ जहां एक जनाब सुबह उठते है , तैयार होकर निकल पड़ते है रोज़ की दिनचर्या के हिसाब से , अपना काम करके लौट आते है अपने घर अपने परिवार के पास और यही सब दुबारा शुरू हो जाता है रोज़ की तरह |

मैं सोचता हूँ की इसे लिखने के बाद इसे कोई नहीं पढ़ेगा क्यूंकि हमारी आदत ही बन गयी है जबतक हम किसी तरह की घटना के साक्षी न बने | जब कभी कोई घटना घटित होने से बच जाती है तो लोगों को उस कहानी में वो दिलचस्पी ही नहीं रहती |

मैं लेखक होने पर कभी कभी दुःख जताता हूँ क्यूंकि ये मुझे मजबूर कर देता है किसी घटना के पात्र को आकृति देने के लिए | अनजाने में मैं कहानियों के साथ साथ घटनाएं लिख देता हूँ और बन जाता हूँ किसी न किसी तरह की पीड़ा का भागीदार | कभी सर्द में बर्फ जम जाए तो दफन हो जाते हैं उनमे कुछ किस्से और मेरा लिखना उन किस्सों को बहा देता है | मेरी बालकनी में मैंने एक सूरजमुखी रखा हुआ है और मेरे हर लेख के बाद वो मुझसे मुह फेर लिया करता है | ये पौधा मेरी लिखी घटनाओं का साक्षी बन जाता है |

72

स्केच

शहर से दूर एक तालाब है | तुम्हे शायद याद होगा जब हम वहां जाते और पास में बेंच पर बेठ जाया करते थे | हमारी आदत भी कुछ ऐसी ही है क्यूंकि हम इतना बोलते नहीं हैं मगर काफी होता है वो सब कुछ वक़्त के लिए |

मैं लिखता हूँ मगर स्केच बनाना भी मेरे सभी शौक में से एक है | पेंसिल लेकर सोचा की क्या बनाऊं और तुमने बिना कहे ही हामी भर दी | मैं तुम्हे अब कागज़ पर उतारने लगा था और कुछ वक़्त में मेरा स्केच पूरा होने वाला था मगर तभी हवा से तुम्हारा स्कार्फ जिस जगह पर था वहां से सरक गया | मेरा स्केच अब थोडा उलझने लगा था | मेरी आदत हमेशा से रही की मैं कहानियों को जैसा लिखे वैसा ही प्रस्तुत करता हूँ पर स्केच में मैं थोडा असमंझस में पड़ गया था क्यूंकि यहाँ से पीछे जाना तुम्हे मिटाना है |

हर पल के साथ चीज़े बदलने लगी थी , मेरा पहली बार अपनी कला को बदलने का प्रयास होने लगा था पर मैंने वो स्केच पूरा किया | तुम्हे दिखाना चाहता था मगर अब उस स्केच और तुम्हारे बीच एक तितली आ गयी थी | मैं समझ नहीं पाया की क्या मैं उस तितली को उड़ा दूँ जो तुम्हारे हाथ पर थी मगर सोचा की ये तितली अपने साथ रंग नहीं , तुम्हारीं मुस्कान भी ले जायगी | मैंने हवा का बहाना किया और वो स्केच उड़ा दिया |

उस तितली के बहाने मुझे तुमसे फिरसे मिलने का मौका मिल जायगा | पर इस बार कोशिश रहेगी की आसपास और कुछ न हो बस मेरी कहानिया हो |

73

सुई धागा

मैं तुम्हारी कहानियों में हमेशा बादल , नदी , एक चिड़िया और मेरे हाथ में गर्म काढ़ा टटोलता हूँ | सोचता हूँ की इन्ही से कोई कहानी लिख डालू पर उन किस्सों में न जाने कितने पात्र हैं जिनका मैं कभी ज़िक्र ही नहीं कर पाता | मैं एक नयी कहानी लिखकर उन पात्रों को उनकी इज्ज़त देना चाहता हूँ की जिन्हें हम याद भी नहीं रख पाते उनसे कहानियाँ अक्सर छुट जाती है |

हमारी कहानी में मैंने एक सुई को खोजा जिसके ज़रिये मैंने अपना शर्ट का बटन सिया था | मैं उस सुई पर कहानी बना देता हूँ क्यूंकि याद करूँ तो अगर उस दिन वो बटन न टूटता तो हम फिरसे बात ही ना करते | मैं अक्सर वो बटन तोड़ कर अपने जेब में रख लेता हूँ और तुम उसे तलाशने लगती हो मगर मिल जाती है तो हमारी कहानियाँ

74

रुचियाँ

मैं कई बार अपने बिस्तर पर पड़े पड़े अपनी रुचियों में कुछ नया खोजने की सम्भावना पर विचार करने लगता | सोचता की अब क्या रह गया है जो खत्म करके कुछ नया लिखा जाए अपनी किताब के लिए | लिखना मजाक नहीं क्यूंकि लिख पाने में सच लिखना और उसे बेचने में अपनी कहानी का थोडा हिस्सा मिलाना पड़ता है | हमने जब कुछ जीया ही नहीं तो क्या लिख देंगे और कल्पना बनाने की एक सीमा होती है क्यूंकि उसके आगे है तो बस एक खायी जहां से गिरना सच्चाई को पाना है मगर एक तकलीफ के साथ |

मैं सच लिखने की कोशिश करता हूँ मगर साथ ही साथ बेचैनी का सिरका उसमे मिला देता हूँ | ये बेचैनी मेरे कमरे से होकर गुज़रती है जहां से अबतक कई किताबें निकल पड़ी है अपने खरीददार का पास |

वो संभावनाएं बनाते बनाते मुझे कई बार सुबह हो जाती है मगर मैं बहाने बनाते हुए घडी की सुइयां पीछे कर देता हूँ |

75

तुम्हारे बारे में

किसी पात्र पर लिख देना , उसपर ध्यान केन्द्रित करके एक बड़ा ही मजेदार तरीका है | हम कहीं न कहीं लिखने के आदी होने लगते है और हमारा लेख ही हमे अपने आप से बाँध देता है | मैं जब भी कोई लेख पढ़ता हूँ तो एक बात देखता हूँ की हमने पात्र को ही अपनी दुनिया बना लिया | चाँद , बारिश पर मैंने इतने लेख देखे हैं की कभी सूरज पर लिखने का सोचता हूँ , कुछ अलग करने की ठानता हूँ मगर आज गर्मी बड़ी तेज़ है |

पात्र को केंद्र में रखकर लिखा तो मैं भूल जाता हूँ तुम्हारे बारे में की ये लेख अंत में तुम्हे ही लौटेगा | अक्सर मैं उस पात्र को आज़ाद छोड़ देता हूँ और तुम्हे कैद |

तुम्हारे बाद अब कोरा कागज़ भी स्याही से मिलने की कोशिश करने में लग जाता ही | लोग तुम्हारे बारे में नहीं जानते , वो तो बस तुम्हे कल्पना मान लेते है इसलिए तुम्हारी एक फोटो मैं अक्सर अपने लेख के साथ लगा कर रख देता हूँ |

76

लिखावट

पुरानी किताबों को ज़रा नज़र से निकाल रहा था जो बाकि बची को रद्दी में दे दिया जाए | ऐसा ही होता है जब उन किताबों को और काम में नहीं लिया जा सकता और निकल पड़ती है वो अपने नए सफ़र में | उन्ही किताबों के बीच मुझे मेरी किताब मिली | अपनी यादों को ताज़ा करने के लिए मैं उसे पढने लगा मगर नज़र गयी किताब के पीछे के पन्नों में जिसकी लिखावट मेरी नहीं तुम्हारी थी |

वो लिखावट उन पीले कागज़ में पुरानी थी मगर उनकी यादें अब बिलकुल नयी थी| मैंने एक लाइन लिखी जी थी की – " **लिखावट कुछ पुरानी मगर यादें नयी लगती है , जीने की तस्सली से बर्बादी सही लगती है** "| होता है हमारे साथ की हम खो जाते है उन पुराने किस्सों में मगर मैं फायदा लेता हूँ इनका , लिख देता हूँ कुछ ऐसा की जिसे देखकर एक मुस्कराहट आ जाये चेहरे पर | सुकून देता है जब ऐसा कुछ लिख देता हूँ जिससे उस लेख को फाड़ने का नहीं बल्कि चाय पकोड़ों के साथ बैठकर पढ़ा जाए |

77

घर

सोचता हूँ कभी की अपने पुराने घर लौटूं जहां से मेरे किस्सों की शुरुआत हुई थी | उस घर का बरामदा काफी छोटा था जहां से गुजरने में मेरा सर टकरा जाया करता था | घर काफी साल पुराना था तो पेंट भी उतर चूका था | अपने घर के अन्दर जैसे ही पहुँचता तो मैं अपने आप को देखता जहां मैं साइकिल सीखने की हज़ार नाकाम कोशिश करता था | मैंने उसी वक़्त सोचा की वो साइकिल संभल लूँ मगर तबतक मेरी छवि खुद में ही धूमिल हो जाती | वहीं सामने मेरी दादी का कमरा हुआ करता जहां अब किसी तरह की वास्तु तो नहीं बची थी , थी तो बस दरारे और दीमक के घर | पास में ही पड़ी खटिया पर मैं लेट जाया करता था जो अलग ही सुकून देता था |

इन सभी पुरानी छवियों को अपने मन में रखे मैं सोचता हूँ की वहां लौटूं मगर अब शायद वहां जाने का फायदा नहीं , सुना है अब बंजर ज़मीन के अलावा वहां कुछ भी नहीं और किसी नयी ईमारत का निर्माण कार्य प्रगति पर है |

78

स्कूल

अपनी नयी स्कूल में दाखिला लेने का किस्सा मुझे याद है | यहाँ जाने में एक नयी उत्सुकता थी | उन दिनों नयी स्कूल के साथ नयी किताबों की खुशबू लेने का भी मन था , नए लोगों से मिलने का भी | उन दिनों ये नयी दुनिया बनाने के समान था | दाखिला लेने के अगले दिन जब मैं अपनी क्लास में पहुंचा तो एक अलग ही बेचैनी थी , सबके बीच होते हुए भी मैं खुदको अकेला पा रहा था | लोग मुझसे मिलने के लिए आये मगर उनसे मिलने से पहले मेरे आंसू मुझे गले लगा रहे थे | उस दिन एक बात महसूस हुई की हम नयी दुनिया बनाने लगते हैं मगर मैं उस वक़्त उत्सुकता में ये बात भूल गया था की नयेपन में बदलाव है और बदलाव तकलीफ भी देता है | वक़्त के साथ वो तकलीफ का मतलब भी बदल जाता है | आज उन दिनों को याद करते हुए मैं उन दिनों की मिलने वाली तकलीफ को गले लगाना चाहूँगा | उस तकलीफ में सुकून है | ये उन दिनों की बात है |

79

ठोकरें

मैं लाख ठोकरें खाकर गिर पड़ता हूँ | चलते वक़्त हज़ार कहानिया बुनने लगता हूँ और जब गिर जाता हूँ तो छांट लेता हूँ कुछ कहानियाँ जो मेरे साथ गिर पड़ती है मगर वापिस साथ उठ खड़ी नही होती | उसी वक़्त एक आंधी चल पड़ती है और खो जाती है वो कहानियाँ जिन्होंने साथ न दिया मेरा | मैं सोचता हूँ कई बार की उनमे से कई कहानियाँ क्या तुम्हारी है जो कभी साथ खड़े नही हुए और कहीं न कहीं लगता है की सच है क्यूंकि साथ खड़े होने में और साथ चल पड़ने में बहुत फर्क होता है | मेरे साथ कई कहानियाँ चल पड़ती है जो मेरे साथ शायद नहीं है मगर वही मेरी कहानियाँ है |

मैं उन कहानियों को उभरने का मौका देता हूँ और इंतज़ार करता हूँ कुछ चेहरों का जो मेरे साथ खड़े रहे मगर अफ़सोस की बात है की उनमे तुम नहीं हो |

80

आरम्भ

इस सफ़र को जब भी शुरू करता हूँ तो इसके अंत को पहले ही भांप लेना चाहता हूँ | लिखना मेरे लिए मेरे सफ़र के सामान है , जो मुझे मौका देता है किसी के जीवन को संक्षेप में जीने का | हर कहानी मुझे उस पात्र को सौंप देती है और मैं उनके अधूरे किस्सों को पूरा करने की कोशिश में लग जाता हूँ | कभी सुकून तो कभी ज़ख्म भी देता है ये लिखना |

मेरी हर कहानी का आरम्भ में मैंने अंत छुपाया है और हर अंत के साथ एक उम्मीद लिए मैं आरम्भ कर देता हूँ एक नयी कहानी जिसका मुझे आज भी इन्तेज़ार है | ये सिर्फ आरम्भ है , अंत तो बीत चूका है |

www.ingramcontent.com/pod-product-compliance
Lightning Source LLC
LaVergne TN
LVHW060302051026
849517LV00003B/916
9798887830223